A GUERRA, O PODER E A VITÓRIA

Andrews Gabriel

A GUERRA, O PODER E A VITÓRIA

PandorgA

2014

Coordenação Editorial
Silvia Vasconcelos
Preparação
Project Nine
Diagramação
Project Nine
Composição de capa
Renato Klisman
Revisão
Project Nine
Patricia Murari

TEXTO DE ACORDO COM AS NORMAS DO NOVO ACORDO ORTOGRÁFICO DA LÍNGUA PORTUGUESA (DECRETO LEGISLATIVO Nº 54, DE 1995)

DADOS INTERNACIONAIS DE CATALOGAÇÃO NA PUBLICAÇÃO (CIP)
(Câmara Brasileira do Livro, SP, Brasil)

Almeida, Gabriel Andrews
A guerra, o poder e a vitória / Gabriel Andrews Almeida. -- Carapicuiba, SP : Pandorga Editora e Produtora, 2014.

1. Ficção brasileira I. Título.

14-04441 CDD-869.93

Índices para catálogo sistemático:
1. Ficção : Literatura brasileira 869.93

2014
IMPRESSO NO BRASIL
PRINTED IN BRAZIL
DIREITOS CEDIDOS PARA ESTA EDIÇÃO À
EDITORA PANDORGA
AVENIDA SÃO CAMILO, 899
CEP 06709-150 - GRANJA VIANA - COTIA - SP
TEL. (11) 4612-6404

WWW.EDITORAPANDORGA.COM.BR

Para meus pais, meu irmão e minha esposa.

Grandes amigos: A. A. J. J. J. M. O. P. V. W.

CAPÍTULO 1

Em uma esquina próxima, James McCarthy observava o prédio de tijolos aparentes. Alguém já disse que paredes constroem tanto prisões quanto hospitais. Agora, mais do que nunca, essa frase parecia fazer todo sentido. Seu coração esmurrava o peito com batimentos acelerados.

Com força, McCarthy socou a parede. O som do impacto foi angustiante. Mesmo sentindo muita dor, ele não arredou um dedo sequer do concreto.

"Por que eu fui olhar aquela maldita anotação?", perguntava a si mesmo.

Pobre James. Como a vida muitas vezes é ingrata. Se toda aquela situação pudesse ser comparada a uma partida de xadrez, tenha certeza, não foi ele quem mexeu a primeira peça. Mas infelizmente, neste jogo, a derrota significa morte.

O ruído das sirenes aproximando-se chegou aos seus ouvidos.

"Concentre-se, James! Agora é tarde para arrependimentos."

***

No dia 17 de julho de 2009, no Bay Ridge, Brooklyn, o detetive *primeira classe* da Divisão de Homicídios, Arthur Smith, ainda descansava, quando foi acordado pelo som do celular que vibrava em cima do criado-mudo.

– É o meu? – resmungou sua esposa, ainda com voz sonolenta.

– Não, querida. Pode descansar.

Sentando-se na lateral da cama, Smith esticou o braço e tomou o aparelho nas mãos.

– Alô! – Espremendo os olhos com o polegar e o indicador, tentava se proteger dos raios de sol que começavam a atingir a janela do quarto. – Ok. Estarei lá em meia hora.

Na ligação, o detetive foi informado de um possível crime que deveria ser investigado.

Após desligar o aparelho, permaneceu por alguns instantes na mesma posição. Talvez estivesse orando ou pensando em algo que precisasse fazer naquele dia. Certo é que agora, com seus 37 anos, já não tinha tanta pressa em sair de casa como teve no início da juventude.

Levantando-se, foi até o banheiro. Após molhar o rosto, parou diante do espelho. Como se visse uma foto, brevemente observou o homem que figurava diante de si. Pele clara. Rosto de expressões suaves. Medindo 1,86 m e pesando 80 kg, o oficial encontrava-se em plena forma física.

Saindo do "departamento de limpeza", Smith se dirigiu ao closet. Vestiu uma camisa social cinza escuro de manga comprida. Por cima desta, encaixou seu coldre e a *Smith & Wesson 5946*. Trajou o habitual terno preto de corte estilo italiano. Escolheu uma gravata com listras diagonais, e calçou nos pés um sapato de bico fino. Não menos importante, colocou um relógio no pulso. Agora sim. Devidamente arrumado, estava pronto para mais um dia de trabalho.

O detetive seguia pelo corredor quando passou em frente ao quarto dos filhos. Encostado no batente da porta parou para admirar os garotos que ainda descansavam no beliche. Brian, de 9 anos, e Andrew, de 6.

Depois de vislumbrar seus herdeiros, Smith iniciou sua jornada para descer as escadas. Realmente uma jornada. Isso porque Hope, o cachorro da família – um lindo Cocker Spaniel de pelo caramelo –, escutou os passos do dono e partiu correndo em sua direção.

Empolgado, o animal balançava o corpo todo. Seu rabo mais parecia um metrônomo em alta velocidade. Que faceirice matutina!

– E aí, garotão – dizia o sorridente detetive, afagando-o. – Você quer que eu jogue? – perguntou, já retirando a bolinha da boca do animal. – Pega!

Lá foi Hope correndo atrás do brinquedo.

Smith mal terminou de descer os últimos degraus da escada, e o cão já se esfregava novamente em suas pernas. É como brincar com um bumerangue. Vai e volta. Smith apenas sorriu e balançou a cabeça.

– Nãooo... vamos, Hope... me dê uma folga.

O cão continuou com aquele olhar de: "Por favor!". Impossível resistir ao pedido.

– Ok. Só mais uma vez, hein!

Lá foi a bola. Lá foi o cão. Após abocanhá-la, Hope aproximou-se novamente do dono na maior empolgação. Smith acariciou a cabeça do animal e soltou o recado:

– Estou com pressa. Fica para depois, amigão.

Foi de cortar o coração. É como se Smith arremessasse o bumerangue e este ficasse preso entre os galhos de uma árvore. Mas aquilo seria temporário. Depois do trabalho, o detetive recolheria o objeto e brincaria de novo com o companheiro.

Hope entendeu o recado. A brincadeira acabou. O cão ficou deitado mordendo a bolinha. Dentes na bola. Olhos no dono. Vai que numa dessas ele muda de ideia. É preciso estar atento.

O detetive passou pela sala e foi em direção à porta de entrada da casa. Abrindo-a, pegou o jornal que estava na soleira. Já na cozinha, depositou o amontoado de informações sobre a mesa. Na capa, estava estampada a figura do empresário William Edwards. Um simpático senhor de 60 anos que acabara de adquirir uma das maiores companhias do setor de aviação. Na mesma página, também havia uma pequena imagem do senador Antony Brouks.

Smith partiu duas laranjas e as espremeu. Homens! Completos desligados! Apesar do apelo da esposa para que ele lavasse o copo do eletrodoméstico depois de usá-lo, o detetive tinha o péssimo hábito de entreter-se com o jornal e... bem, você já sabe.

Ao terminar sua refeição, Arthur subiu até a suíte. Após escovar os dentes, aproximou-se da cama. Reclinando-se até os cabelos pretos de Anne, afastou-os das orelhas, e lhe sussurrou no ouvido:

- Querida, já vou indo.

- Você já vai? - balbuciou ela, espreguiçando-se.

- Sim. Mas pego você e as crianças para almoçar, ok?

- Ok.

Dando-lhe um beijo nos lábios, Smith despediu-se:

- Amo você.

- Também amo você.

Com os pés já fora de casa, o detetive foi até seu Mustang GT, pretão, bancos de couro. Aquilo é que é carro. Reclinando a cabeça para trás, Smith fechou os olhos. Depois de respirar fundo, saiu rumo ao caso.

Na rádio NYFJ tocava *Waiting on the World to Change*, de John Mayer. No meio da canção, Smith foi surpreendido pela animada recepção do radialista:

- Bom dia, Nova Iorque! Hoje teremos um excelente dia de sol. Fique conosco, e aproveitem as melodias.

Ao som de *Beautiful Day*, do U2, o detetive atravessou a Brooklyn Bridge.

CAPÍTULO 2

Em meio à empolgação com as músicas, o detetive se deu conta de que já chegara ao West Village. A quadra já estava toda isolada. Ali estavam alguns curiosos e uma ambulância.

O detetive estacionou o carro e desembarcou. Meio perdido, Smith ainda não estava totalmente acostumado com sua condição de investigador solitário. Desde a transferência de Michael Lewis – na semana anterior – ele esperava um novo colega de trabalho. Os dois foram parceiros nos últimos anos. O jovem sempre chegava ao local a ser investigado antes de Smith. Esperando-o, Michael sempre tinha na ponta da língua um breve relatório do ocorrido, e nas mãos, dois copos de café. Smith sentiu muito a perda do colega. Porém, aprovou a transferência. Afinal, para Lewis – que agora se casara com Norah – a mudança para a Califórnia foi muito comemorada.

Olhando para o prédio, Smith notou a aparência antiga da edificação. A singela moradia – localizada na Ilha de Manhattan – se encontrava muito bem conservada e destacava-se pelas delicadas janelas brancas decoradas com pequenas flores. Próximo à entrada principal, estavam plantados alguns pequenos arbustos. O prédio era composto de um andar térreo, e mais três acima.

Enquanto subia as escadas, o detetive observava degrau a degrau. Nunca se sabe, talvez pudesse encontrar alguma pegada ou um objeto do criminoso. Quando chegou ao segundo andar, foi na direção do apartamento 201. Retirando do bolso um par de luvas que pegara no carro, as calçou. Ao deparar-se com a situação inusitada, declarou:

– Minha nossa! O que é isso?

Eis a cena: a porta de entrada do apartamento estava tombada para dentro. Nas laterais da peça de madeira era possível notar várias farpas. Após uma breve análise, Smith concluiu que provavelmente a porta fora empurrada com muita força para dentro. A grande questão era se o criminoso fizera isso de propósito, ou se talvez algo lhe tivesse fugido do controle.

Com passos cuidadosos, desviou-se da porta. Ainda no *hall* de entrada, o detetive logo sentiu um cheiro agradável. Imediatamente fechou os olhos e concentrou-se no aroma. *"Suave. Talvez uma fragrância amadeirada."*

Ao abrir novamente as pálpebras, Smith correu os olhos no imóvel. A porta dava acesso à sala. Do lado esquerdo deste cômodo, havia uma bancada que separava - de forma parcial - a sala da cozinha. As paredes eram todas de cor branca.

O detetive constatou que juntamente com o pessoal da criminalística havia um policial negro. O tira segurava uma prancheta nas mãos. Tinha cabelo raspado, usava o uniforme azul da polícia, e aparentava ter uns 30 e poucos anos. Estendendo a mão, o homem o cumprimentou:

- Prazer! Sou o policial Carson. Fui o primeiro a chegar ao local.

- Ah, sim. Você é o policial que foi transferido de New Jersey?

- Isso mesmo.

- Muito prazer! Sou o detetive Smith. Qual é o nome da vítima?

- John Willson, 83 anos. Trabalhava como relojoeiro. Sua esposa faleceu há 8 meses. Eles não possuíam filhos nem parentes próximos.

Smith foi até a janela da sala, e deu uma *geral* na rua.

- Quem encontrou o corpo?

- Foi a Sra. Sanders, a vizinha do andar de cima. Ela escutou um forte barulho e desceu para ver o que era. Quando chegou, encontrou o velho já sem vida, e então ligou para a polícia.

- Alguma outra testemunha?

- Não. O casal que mora no andar de baixo está em lua de mel na Itália. E os vizinhos da rua não sabem de nada.

- Câmeras?

Carson fez que não com a cabeça.

Algo em Carson chamou a atenção de Smith. Talvez fosse seu sorriso fácil, ou quem sabe seu estilo respeitador. Fato é que, apesar de Carson aparentar ter um jeito brincalhão, respondia às perguntas de Smith com firmeza. Isso de alguma forma lhe passava segurança.

Estando o detetive ainda na sala, passou a observá-la detalhadamente. O apartamento estava bem-arrumado – o que era com certeza um bom indício de que o dono devia ser uma pessoa muito organizada. Na sala, estavam dispostos dois sofás de tecido aveludado, de cor marrom-escuro.

Não era difícil perceber que no local havia poucos móveis. Faltavam coisas pessoais como porta-retratos na estante ou mesmo quadros na parede. Na cozinha, só havia utensílios extremamente úteis. Smith raciocinou sobre o fato. *"O mais provável é que a ausência do que deveria estar aqui seja proposital."*

– Sem televisão. Sem computadores – comentou Smith. – Alguma coisa foi roubada?

Carson deu de ombros.

– Vou chamar a Sra. Sanders. Ela deve saber.

– Não, policial. Pode deixar. Depois falamos com ela. Muito obrigado.

Carson assentiu com a cabeça.

Não foi só a falta destas coisas que chamou a atenção de Smith. Em cima da mesinha de centro havia um cubo de vidro. Dentro deste, constava uma gravura feita a laser da Torre Eiffel. Smith pegou o objeto nas mãos. Elevando-o próximo dos olhos, declarou:

– Esta peça deve ter um grande valor sentimental.

Enquanto recolocava a peça no lugar, o chefe do departamento de investigação criminal, Roy Morony, saía do interior do imóvel, e entrava na sala.

– Olá, Smith! – cumprimentou o homem de bigode.

Smith apertou a mão do colega com vontade. O barulho das luvas friccionando fez um ruído engraçado. Os dois riram da situação.

– Olá, Morony! Então, o que temos aqui?

– Possivelmente um arrombamento. Quando cheguei, notei que haviam algumas pegadas. Elas eram parciais e muito fracas.

Provavelmente foram marcadas apenas pelo pó que o calçado do criminoso acumulou da rua. – Coçando o queixo, informou: – Depois vou analisar com mais cautela.

– Certo. E quanto à vítima?

– Oliver, o legista assistente, precisou ir ao laboratório, mas, em uma análise preliminar que fez, mencionou que Sr. Willson faleceu de causas naturais.

– A possível hora da morte?

– Segundo Oliver constatou, foi durante a madrugada.

Smith passou a mão na cabeça, olhou em direção à porta, e exclamou:

– Interessante! Uma porta arrombada de fora para dentro e uma vítima que morreu de causas naturais.

– Não – disse Morony, anotando algo em sua prancheta –, interessante é o que está sobre o corpo do idoso. Bem, preciso fazer alguns cálculos aqui na porta. Se me dão licença?

– Claro. *Claro*. Depois conversamos.

Entre a sala e a cozinha ficava um corredor. Smith seguiu pela passagem sendo acompanhado de perto pelo policial. Havia três portas. Todas já estavam abertas. O primeiro cômodo tratava-se de um banheiro. O segundo, de um escritório.

No final do corredor estava o quarto do casal. Smith se encaminhou até ele. Assim que o adentrou, novamente suas narinas foram acionadas. Agora, o cheiro amadeirado parecia estar um pouco mais forte.

Atrás da cama em que descansava o anfitrião, havia uma janela. Por ela entrava uma brisa suave que fazia a cortina tremular.

Com muito pesar, Smith levou os olhos na direção da cama. Nela estava o corpo de Sr. Willson.

– Que pena! – sussurrou. – Ele parecia ser um bom homem.

Retirando do bolso seu celular, o detetive acionou o gravador. Vagarosamente aproximou-se do corpo e passou a descrevê-lo:

– 17 de julho de 2009. Horário: 6h15. A suposta vítima é de cor branca. Olhos azuis. O corpo encontra-se bem higienizado e não apresenta marcas de agressão. Possivelmente deva pesar uns 80 kg. O homem mede cerca de 1,80 m de altura. Sobre a cômoda há um livro: *O dossiê Pelicano*, de John Grisham. Pela marcação das páginas e pelo fato dos óculos da vítima estarem sobre o mesmo, há uma grande possibilidade de que ele o estivesse lendo.

"Concentre-se, Smith!"

Os olhos de Smith ficaram marejados. Aquele velho senhor, que já não se encontrava com vida, trouxe-lhe à mente a imagem de seu avô. A semelhança entre os dois não era plena, entretanto, para os seus frágeis sentimentos, ambos pareciam iguais. Em virtude disso, o detetive passou a tratar aquele corpo não apenas como mais uma vítima, e sim com o mais alto nível de respeito.

Concentrando-se, Smith reorganizou suas emoções. Depositando o celular em cima do criado-mudo, continuou narrando o que observava:

– Sobre o peito do idoso há um envelope de carta na cor branca. No lado de fora do mesmo, consta uma frase escrita à mão, que diz: "Mais uma pessoa morrerá".

Smith colocou o envelope dentro de um plástico que Morony deixara ao lado do corpo. Depois de ensacar a prova, depositou-a sobre a cômoda.

O detetive notou que na mão esquerda do falecido havia um relógio de bolso. A mão do velho estava levemente fechada. Em seu dedo anelar, repousava uma robusta aliança de ouro. O anel reluzia à luz do sol, que entrava pela janela.

– A suposta vítima também possui um relógio de bolso na mão esquerda.

Smith torceu o pulso do falecido no sentido horário, virando a palma da mão para cima.

"Vamos, Smith! Concentre-se!"

O relógio dava a impressão de estar arraigado ao âmago do velho. Enterrado sobre a palma da mão do idoso, o objeto lá permanecia como se fosse um valiosíssimo tesouro protegido pelas juntas dos dedos.

Puxando cuidadosamente os dedos da vítima, o detetive abriu-lhe a mão para retirar a joia.

– O relógio tem formato arredondado. Possui uma corrente de aproximadamente 40 cm. Ao que me parece, ele é todo de ouro. Apesar de aparentar ser antigo, o objeto encontra-se muito bem conservado e em perfeito funcionamento. Do lado de dentro, na tampa superior, há uma inscrição muito pequena que diz: "A guerra, o poder e a vitória".

Logo após descrever o relógio, Smith também o colocou dentro de outro saquinho plástico.

Era possível perceber seu abatimento. Ele sempre evitava misturar seu lado emocional com o trabalho. Porém, aquele senhor, mesmo sem ter a mínima intenção, mexeu profundamente com seus sentimentos.

Em meio a sua comoção, Smith ficou surpreso ao ver que o policial Carson ficara o tempo todo em silêncio no canto do quarto. Talvez Carson pensasse que o detetive fosse sensível? Ou então que por algum motivo os seus sentimentos tivessem vindo à tona?

Smith guardava o celular no bolso, quando o rádio do policial Carson foi acionado. A informação que lhe foi passada era de que a relojoaria pertencente à vítima acabara de ser roubada. O policial olhou fixamente para o detetive. Era como se estivesse lhe pedindo: "Leve-me com você". Smith, agradecido pela compreensão que Carson demonstrara, convidou-o:

– Quer me auxiliar hoje, policial?

Carson não conteve o sorriso. Era nítida sua felicidade.

– Claro, senhor! Seria um prazer.

O detetive solicitou a permissão ao seu superior, sargento Johnson, por telefone. Johnson teve que entrar em contato com o superior de Carson. Com relutância, os chefes autorizaram.

Saindo do quarto, Smith entregou as evidências a Morony.

– Preciso disso para ontem! – implorou o detetive.

Morony arqueou as sobrancelhas.

– Vou ver o que posso fazer. Mas não garanto nada.

– Você é o cara – disse Smith, fazendo um estralo com a boca. – Fico lhe devendo.

– Sei... Sei... – resmungou Morony.

Smith incumbiu dois policiais que cercavam o perímetro, de preservarem a cena do crime.

Deixando o apartamento, Smith e Carson foram de Mustang rumo à relojoaria. Para Arthur, a configuração na qual sua dupla de trabalho agora se encontrava, trouxe-lhe à mente o magnífico filme *O colecionador de ossos*. Onde o personagem Lincoln Rhyme, representado pelo brilhante Denzel Washington, solicita o auxílio da policial Amélia Donaghy, papel vivido pela atriz Angelina Jolie, para ajudá-lo a solucionar misteriosos assassinatos, nos quais, pistas intrigantes foram deixadas junto às vítimas.

CAPÍTULO 3

Ainda que Smith sentisse que Carson não fosse o tipo de pessoa que desejasse contemplar o silêncio, notou que o policial não buscou iniciar uma conversa. A relojoaria ficava a apenas algumas quadras do apartamento. Ao chegar ao local, Smith logo anunciou:

– Que merda! Teremos encrenca.

Dito e feito. Ao desembarcarem, o policial Bob Alister, em tom de zombaria, já proferia as palavras:

– Olha só quem temos aqui! Se não é o detetive Smith! A que devemos sua presença?

Respirando fundo, Smith não retrucou à provocação, apenas respondeu:

– Bom dia, Alister. Hoje pela manhã o dono desta relojoaria foi encontrado morto.

Ao aproximar-se da entrada, Smith percebeu que o local também fora arrombado. Mas, ao contrário do que viu no apartamento, a porta da relojoaria parecia ter sido apenas aberta com um pé de cabra.

– O que houve aqui? – interpelou Smith.

– Ainda não percebeu? – disse Bob, empinando o queixo com aquele maldito sorrisinho de canto. – Acho que até um cego perceberia!

Smith aproximou-se do engraçadinho.

– A piada não teve graça – disse, com voz firme.

Alister deu um passo à frente. Agora sim, olho no olho. Aquilo parecia uma apresentação de dois lutadores do UFC. A encarada foi tensa. Bastava apenas um deles dar o primeiro soco, e a luta começaria.

Alister tornou a dar um sorrisinho cheio de sarcasmo. Mascando seu palitinho de dente, com desdém respondeu:

– Um assalto. Mas, ao que tudo indica, o proprietário não vai querer dar queixa!

– Algum indício do que foi roubado?

Alister deu de ombros.

– Como vou saber? Sem a presença do dono fica meio difícil. Você não acha?

Smith ficou sério. Era possível perceber que ele estava muito perto de voar em cima de Alister para arrebentá-lo.

Erguendo as palmas das mãos, Bob tornou a dar aquele sorrisinho.

– Fique calmo, detetive! Já solicitei um técnico para analisar os dados do sistema e verificar as câmeras.

Smith conteve o soco que daria no palhaço.

– Ok. Preciso ir à delegacia verificar algumas coisas. Se surgir qualquer novidade, mantenha-me informado.

– Claro, detetive! – respondeu Alister, realizando um gesto sarcástico de reverência.

Smith e Carson dirigiram-se novamente ao carro.

– Babaca! – bufou Smith, fechando a porta bruscamente. Ele grudou as mãos no volante. – Nossa! Por pouco não quebrei aquele desgraçado!

Em um lampejo, Smith lembrou-se de que não era Michael quem estava do seu lado.

– Desculpe, policial Carson. Mas esse cara sabe como me tirar do sério.

– Sem problemas. O cara é um idiota mesmo.

Smith fervia de raiva. Indignado, só balançava a cabeça. Alister realmente sabia como irritá-lo.

A dupla voltava para o apartamento de Sr. Willson, para que o policial pudesse pegar sua viatura. No meio do trajeto, Carson rompeu a barreira do silêncio:

– Posso fazer uma pergunta, detetive?

– Claro.

- Quem é o *almofadinha*?

Smith pensou consigo mesmo: *"Essa foi boa! Com tanta coisa que você poderia ter me perguntado, escolheu logo isso!"*. Não podendo evitar a reação do corpo, passou suavemente a mão no rosto e esticou o braço para fora da janela. Não que ele estivesse bravo com a pergunta, mas a história era um tanto quanto complexa.

- Quando entrei na polícia, Bob e eu nos tornamos parceiros de trabalho. Bob é um cara muito extrovertido. Se um dia você encontrar uma rodinha de policiais dando risada, pode apostar, é Bob quem está contando a piada. Mas depois de cinco anos como parceiros, desconfiei que Bob tivesse aceitado suborno de um traficante. Tivemos uma briga feia. Para complicar ainda mais a situação, alguns dias depois de nossa discussão, alguém fez uma denúncia anônima de que Bob cobrara aquele suborno. Ele acabou ficando sob investigação da corregedoria por 2 meses. Se já não bastasse, por extrema coincidência, foi justo neste momento que me tornei detetive.

Smith deu de ombros.

- Bom... você já consegue imaginar! Até hoje aquele cabeça-dura desconfia que eu o delatei.

Carson balançou a cabeça em sinal de desaprovação à atitude do *almofadinha*.

Após uma breve pausa, Smith perguntou:

- Mas afinal, cadê seu parceiro?

- Ah, sim. O oficial Baley acordou com fortes dores nas costas, e precisou ir ao hospital.

Ao terminar de explicar este fato, eles já haviam chegado à entrada do apartamento. A pedido do detetive, Carson foi junto com Morony até o laboratório da criminalística, para esperar até que as análises preliminares dos objetos encontrados junto ao corpo ficassem prontas. Ele também passou o número de seu celular caso Carson precisasse de algo. O policial fez o mesmo. Enquanto Carson foi aguardar os resultados, Smith dirigiu-se até a 6ª Delegacia para pesquisar sobre a inscrição do relógio.

CAPÍTULO 4

Quando entrou na grande sala da delegacia, Smith notou que muitos policiais, e alguns detetives estavam reunidos e alegres. Dois colegas de trabalho, Thompson e Stott, ao vê-lo, correram em sua direção:

– Smith! Daqui a dois finais de semana teremos um almoço na casa do chefe. "De sobremesa" vamos fazer uma partida de futebol americano. Você vai?

– Claro! – garantiu Smith, empolgado.

– Yes! – bradaram Thompson e Stott. Sem perder tempo, os dois posicionaram-se um de frente para o outro e deram início a uma disputa de par ou ímpar.

– Par! – disse Thompson, contando até três. – Oh, droga – resmungou.

– Yes! – comemorou Stott. Dando tapinhas nas costas de Smith, informou:

– Smith, você jogará no meu time! – Virando o olhar para o adversário lembrou-lhe:

– E você, Thompson, não se esqueça: duas entradas.

Os dois fizeram uma aposta na qual o perdedor daquele jogo daria o seu ingresso do Super Bowl ao outro. A felicidade de Stott em ter Smith em sua equipe era justificada. Na faculdade, Smith fora um excelente jogador. Em seu último ano, recebeu três propostas de grandes times da NFL. Arthur recusou as três. Seu real desejo era seguir a mesma carreira do avô.

***

O ano era 1995. Smith estava no seu penúltimo ano de faculdade. Ele era o *quarterback* do time da Universidade de Columbia. Aquele jogo em especial era um teste para cardíacos. Após um passe incompleto, restavam apenas 10 segundos para o final da partida. Smith encontrava-se no 4th, 2nd & 8. Para piorar a situação – como se isso fosse possível – ele estava na linha das 40 jardas no campo adversário. O placar marcava 30 para Columbia e 32 para Brown. A situação era desanimadora.

Smith estava exausto. Seus braços pareciam pesar toneladas. O cansaço dava-lhe a impressão de que suas pernas estavam fincadas no chão. Mas ele não desistiria fácil da vitória. Respirando fundo, reuniu a equipe. Lançando o olhar por cima dos ombros dos companheiros, analisou a defesa adversária.

Sem muitas opções, Smith resolveu realizar um passe "Ave-Maria". Sim! Ele sabia que as chances de sucesso eram mínimas. Como realizariam esse feito? Smith tinha um plano. Com toda sua competência, ele vislumbrou uma brecha entre os paredões.

Após passar as instruções à sua equipe, ele deu um forte brado. O time o acompanhou no grito.

– Todos nas posições. É agora! *Vai!*

Após o *snap*, Smith deu alguns passou para trás. Ele tomou distância. Seus olhos miraram o *wide receivers*, chamado Dylan. Quase a ponto de ser derrubado, Smith arqueou o braço.

– É sua, *Dylan!*

Smith arremessou a bola com uma rotação perfeita.

Dylan era um bom garoto. Ele era negro. Isso lhe dava muito orgulho. Seu irmão Mickey era paraplégico. O cadeirante acompanhava o jogo na arquibancada. Apesar de estar praticamente encoberto pelos corpos e braços estendidos à sua frente, Mickey pôde ver o irmão correndo rapidamente.

Dylan voou até a *endzone* adversária. Na jaula dos leões, virou-se e se projetou para receber o passe. Ele pulou...

– *Touchdown! Touchdown! Touchdown!* Ele conseguiu! Oh, meu Deus! Eu não acredito! Ele realmente conseguiu! – gritava, freneticamente, o narrador.

Pés no chão. Dylan fez o *touchdown*. O improvável acontecera. O estádio encontrava-se aos prantos. O time de Columbia bradava como feras prontas para o ataque. A adrenalina estava estampada nos rostos sujos e suados dos jogadores.

Dylan, com a bola nas mãos, procurava o irmão em meio à multidão. Lá estava ele. Com os braços erguidos. Mickey sorria eufórico.

– Essa foi para você, maninho! – gritava Dylan.

Todos sabem: vitórias assim são raras.

***

Sobre a mesa, Smith sempre gostou de ter uma foto em que está com a família. Olhar para aquela imagem o fazia ter vontade de voltar para casa todos os dias.

Ao sentar-se, o detetive ligou o computador e começou a fazer algumas pesquisas na internet sobre a frase que encontrara dentro do relógio.

"A guerra, o poder e a vitória. O que será isso?"

– Achei! Esta frase é o título de um artigo. Foi escrito por um embaixador americano que atua na França. Seu nome é... aqui está... Paul Hanson. Sobre o que fala? Ok, isto é interessante. Preciso anotar:

Uma nação patriota. *Em sua maioria, os cidadãos darão suas vidas para fazer de seu país um lugar agradável para se morar. Essa intenção de dar a vida pelo país jamais deverá ser explorada ou mesmo utilizada de forma a beneficiar somente os ricos e poderosos.* (Paul Hanson)

A guerra. *"Não provoque a outra nação, respeite-a como ela deveria lhe respeitar. Evite a guerra. Porém, se a outra nação tornar a guerra necessária, guerreie! Não com fins gananciosos, mas faça a guerra."* (Rei desconhecido)

O poder. *Toda nação precisa de líderes. Todas as nações estão clamando por líderes que sejam íntegros. O líder nunca deve explorar o próximo. O líder deve ser um exemplo.* (Paul Hanson)

A vitória. *A "vitória" é diferente para cada cidadão, com uma intensidade especial para cada um.* (Paul Hanson)

Smith descobriu ainda alguns dados pessoais a respeito de Paul Hanson. Ele nasceu no dia 15 de janeiro de 1959, em Washington-DC. Seu pai chamava-se Martin Hanson, era um engenheiro químico. Sua mãe, Margareth Hanson, uma professora de História Americana aposentada. Hanson formou-se em Relações Internacionais. Após a graduação, fez mestrado e doutorado. Aos 27 anos, casou-se com Mary Mendison. Eles tiveram três filhos: Ray, Oscar e Milka. Com 40 anos, Hanson tornou-se embaixador dos Estados Unidos na França. No site também havia algumas fotos do embaixador. Por meio destas, Smith viu que Hanson tinha pele branca, rosto magro e olhos castanho-escuros.

A dúvida inicial de Smith era:

"O relógio é de fato uma pista? Ou será que ele pertencia à vítima?

Pense, Smith!

Qual é a probabilidade do relógio pertencer à vítima? Alta.

Qual é a probabilidade do relógio ter sido deixado lá de propósito por alguém?

Pense, Smith!"

O nome de Hanson não foi citado em nenhuma das evidências colhidas. Agora, a dúvida era esta: *"Hanson tinha algo a ver com o caso?"*

Smith decidiu ligar para o embaixador. Após uma breve pesquisa na internet, encontrou o número da Embaixada Americana na França.

Uma moça de voz suave atendeu:

- Alô! Amanda Robs, gabinete do Embaixador Hanson.

- Olá, Robs. Sou o detetive Arthur Smith, do Departamento de Polícia de Nova Iorque. Preciso falar com o embaixador. Seria possível?

- Sim! Só um minuto, vou passar a ligação.

Tocou uma musiquinha até que legal.

- Alô!

- Embaixador Hanson?

- Isso mesmo. Com quem falo?

- Sou o detetive Arthur Smith, do Departamento de Polícia de Nova Iorque.

- Certo. Em que posso ajudá-lo?

- Estou investigando um caso, e preciso lhe fazer algumas perguntas.

- Ok.

- Certo. Primeira coisa: o senhor tem alguma ligação com um homem chamado John Willson?

Hanson pensou por alguns segundos.

– Não – afirmou, pausadamente, como se buscasse na memória alguma informação.

– Bem, hoje pela manhã um homem chamado John Willson foi encontrado morto. A princípio, ele morreu de forma natural. Até aí estava tudo normal – Smith pigarreou –, entretanto, a vítima segurava um relógio. Confesso que ainda não sei se ele pertencia à vítima ou se foi deixado ali por alguém. Fato é que, neste relógio estava gravada a frase: "A guerra, o poder e a vitória". Em uma pesquisa que fiz na internet, vi que o senhor escreveu um artigo com esse título.

– Exato – confirmou Hanson.

– Certo. Bem, no local também havia um envelope contendo a frase: "Mais uma pessoa morrerá". Sei que é muita informação, mas... o senhor faz alguma ideia do que isto pode significar?

Hanson respirou fundo. Mexeu a cabeça em sinal de negação.

– Não faço a mínima ideia – respondeu, vagarosamente.

Smith prosseguiu:

– Ultimamente você recebeu alguma ameaça de morte ou algo do gênero?

– Não! – declarou, incisivamente, o embaixador. – Você acha que isso é uma ameaça?

– Ainda não sei. Não sabemos nada sobre o autor destas evidências e nem mesmo o motivo delas. Se o relógio foi deixado lá por um terceiro, há a possibilidade de que alguém apenas tenha utilizado o título de seu artigo para dizer algo. Mandar um recado. Ou coisa do tipo.

– Entendo. E o que você sugere? – inquiriu Hanson, apreensivo.

Smith tamborilou os dedos sobre a mesa.

– Vamos fazer o seguinte, por precaução, alerte sua segurança e fique atento! Qualquer coisa estranha que o senhor notar, me comunique. Deixarei meu telefone com sua secretária. Se descobrirmos mais alguma coisa, o manterei informado.

– Ok. Era isso?

– Por hora, sim. Desde já, obrigado.

– De nada. Tenha um bom-dia, detetive – despediu-se Hanson.

– O mesmo para o senhor.

Smith passou seus números para Robs e a alertou sobre os fatos.

Quando terminava a ligação, o policial Carson trouxe-lhe o envelope e o relógio que foram encontrados no apartamento de Sr. Willson.

– Alguma pista? – indagou Smith.

Carson balançou a mão.

– Mais ou menos. As digitais e as marcas de pegada encontradas no apartamento estão sendo analisadas. O papel utilizado tanto no envelope quanto na carta é comum, podendo ser comprado em qualquer papelaria. A impressora usada para imprimir o texto é uma HP simples. Por meio da tinta e o formato dos traços da frase: "Mais uma pessoa morrerá", revelou-se que a caneta é uma Bic.

– Interessante – interrompeu Smith, sorrindo. – Eu nem sabia que era possível definir isso.

– Tecnologia! – gracejou Carson. – Mas, apesar desta "estranha informação", infelizmente as letras escritas em formato de máquina não possuem nada que possa revelar o suspeito por meio da caligrafia.

Carson fez uma pausa. Depois, entregando o relógio ao detetive, disse:

– Mas há uma coisa interessante! – revelou, com cara de suspense. – No relógio há essa pequena marca, impressa na parte inferior. A letra D. Esse símbolo corresponde à logomarca da relojoaria de Sr. Willson. Segundo a equipe do Morony, a grafia do D é muito antiga. Chequei o sistema da relojoaria, mas lá não consta nada de que este objeto tenha sido vendido ou roubado.

"Então o relógio pertencia ao velho. Ele não é uma pista...", pensou Smith.

– Pelo que o laboratório falou – prosseguiu Carson – o relógio é do século XIX, mas a inscrição: "A guerra, o poder e a vitória", é recente.

– Humm... De quando?

– Possivelmente de ontem. – Carson tomou coragem e resolveu dar seus palpites. – Tenho para mim que o relógio pertencia ao Sr. Willson e foi roubado. Ou então, uma segunda opção é de que o velho tenha dado o objeto de presente a alguém.

Smith raciocinou por uns segundos. Fixando os olhos na peça declarou:

– Há ainda outra possibilidade. Talvez o relógio fosse de Sr. Willson. Se assim for, o objeto pode não ter ligação com o envelope.

Carson pensou.

– É! Essa é uma boa possibilidade.

– Mas por que você acha que o relógio não pertencia ao Sr. Willson? – inquiriu Smith.

Carson abriu os braços:

– Quem dorme com um relógio desses nas mãos?

Smith pensou por alguns segundos.

– Boa sacada! – elogiou o detetive. – Pensando por esse lado, faz sentido.

Smith pegou o envelope nas mãos. Abriu-o e retirou dele a carta.

– O que temos aqui?

Com o manuscrito diante dos olhos, começou a lê-lo em voz alta:

Dois amigos & o representante do Rei

Em uma pequena cidade de Israel havia duas famílias. Por coincidência, as duas famílias tinham meninos da mesma idade. Um chamava-se Yehudah e o outro Yishmael. Os dois meninos desde cedo se tornaram amigos. Eles iam à escola juntos. Brincavam de esconde-esconde, e jogavam bola.

Pois bem, os anos se passaram e aqueles meninos foram crescendo e já não mais brincavam. Agora, estudavam em faculdades diferentes. Yishmael buscava tornar-se um grande matemático, enquanto que Yehudah queria ser um excelente filósofo. Ambos graduaram-se com louvor. Casaram-se com boas esposas e tiveram filhos. Com o intuito de cultivar a relação de afeto, todos os finais de semana encontravam-se para festejar a amizade.

Tudo ia bem, até que um problema os separou definitivamente. Alguns podem considerar que este não é um problema que justifique o fim de uma amizade, mas para Yehudah e Yishmael não houve outra solução. A desavença surgiu quando um sábio propôs um enigma para eles. Ambos, muito curiosos, aceitaram o desafio de encontrar uma resposta à pergunta.

Yishmael prontamente respondeu que a solução para o enigma do sábio era: dois. Enquanto que para Yehudah a resposta era: um. Revoltados com a discordância das respostas, os dois decidiram se afastar sem ao menos dar a chance um ao outro de se explicar.

Quando o Rei daquele país soube desta história, ficou muito triste. Ele enviou um de seus funcionários àqueles dois homens para convidá-los a trabalharem para ele. Yehudah ficou responsável por ser um embaixador em outro país. Enquanto que Yishmael ficou responsável pela política interna do país.

Com o tempo, Yehudah acabou percebendo que não valia a pena ficar brigado com seu amigo. Por outro lado, Yishmael perdeu o interesse pelo seu antigo amigo, passando a sentir cada vez mais raiva de Yehudah. Sempre que Yehudah tentava reconciliar a amizade, Yishmael dava um jeito de alimentar mais ódio em seu coração.

Esta situação permaneceu até um dia em que o país do Rei entrou em guerra com o país onde Yehudah era embaixador. O rei fez tudo o que estava ao seu alcance para evitar a guerra. Entretanto, quando não havia mais solução, ele a decretou. O Rei buscou retirar seu embaixador daquele país, mas já era tarde. Yehudah foi o primeiro a ser morto, e seu corpo foi mandado por um grupo de refugiados ao seu país de origem. O Rei ficou consternado. A guerra foi dura, muitos soldados morreram para defender seu país. Muitos civis foram mortos. Mas, enfim, após dois anos, a guerra terminou.

Aquele Rei muito complacente e sábio ajudou na reconstrução do país adversário, pois sabia que a guerra não era culpa do povo, mas sim de ricos gananciosos. Quando a situação se normalizou, o Rei buscou saber se de alguma forma seu governo teve alguma culpa para causar aquela terrível guerra. Seus assessores descobriram que Yishmael incentivara a nação adversária à guerra. Ele lhes passava informações e até mesmo desviava dinheiro do governo para bancar o ataque.

O Rei ficou furioso com Yishmael, pois este causara a morte de muitos inocentes, dentre eles, seu próprio amigo de infância. Aquele Rei justo e bondoso condenou Yishmael à prisão perpétua. Em memória ao seu embaixador, que morrera trabalhando naquele país, para que nenhum mal viesse a acontecer a muitos, o Rei decretou um dia de luto. O Rei também promulgou um decreto afirmando: Não provoque a outra nação, respeite-a como ela deveria lhe respeitar. Evite a guerra. Porém, se a outra nação tornar a guerra necessária, guerreie! Não com fins gananciosos, mas faça a guerra.

– O que isso significa? – Levantando-se lentamente, o detetive decidiu que já era hora de começar a fazer algumas anotações em seu quadro. Atrás de sua mesa, o detetive tinha um quadro branco no qual anotava pistas, anexava artigos de jornais e tudo que fosse importante para a análise do caso. Postado diante da lousa, sussurrava:

– O que já sei? Certo, a frase: "A guerra, o poder e a vitória!". Deixe-me anotá-la. Ah, sim. Ela me levou ao artigo de Hanson. Vejamos... claro! Também tem Sr. Willson.

Carson o observava. Após um minuto de silêncio, o dedicado policial o inquiriu:

– Qual é sua técnica?

– Em minhas investigações utilizo um método chamado "*White window*". Nesta técnica, o detetive deve juntar todas as pistas que tenha descoberto e depois descartar aquelas que poderiam lhe tirar da trilha principal do crime. Isso para não ser enganado com pistas falsas, a ponto de não investigar o verdadeiro crime. Sabe, Carson, esta técnica foi desenvolvida pelo meu avô, ele foi um grande detetive.

Apontando no quadro, o detetive prosseguiu sua explicação:

– Veja, Carson, estas flechas eu coloco para indicar aonde as pistas têm me levado. Enquanto que os traços são ligações que considero haver entre uma pista e outra.

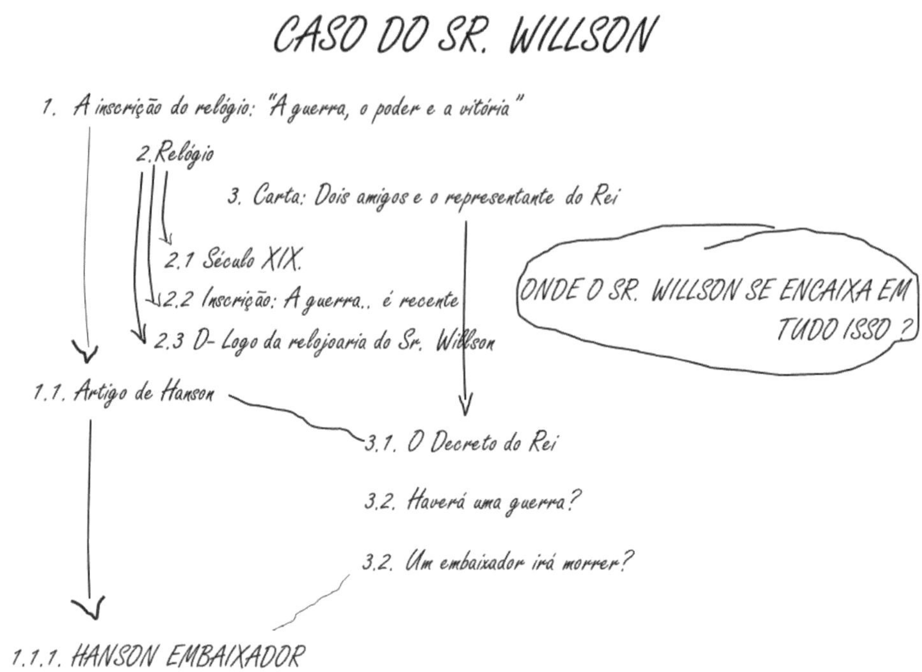

– Muito interessante – comentou Carson.

Smith olhou fixamente para o quadro. Após alguns segundos, mordeu o lábio inferior, como quem diz: *Aí tem algo!* Afinal, o tal "Decreto do Rei" que estava no artigo do embaixador Hanson, agora também apareceu no final da carta.

– Sabe, Carson, estou muito intrigado com uma coisa. Percebe este traço que liga o "Decreto do Rei" ao artigo de Hanson? – disse ele, apontando no quadro.

O policial meneou positivamente a cabeça.

– Bem, este decreto foi citado em ambos lugares. Acho que isto é um bom indício de que o relógio foi deixado lá por alguém. Afinal, seria uma grande coincidência tanto a carta e o relógio nos levarem ao decreto, sem que ambas não tivessem nenhum tipo de vínculo. Acho que há boas chances de que o conteúdo do artigo de Hanson e a história da carta estejam relacionados de alguma forma.

Sentando-se em sua cadeira, o detetive conferiu a nota de referência da citação no artigo do embaixador, porém, ela estava complexa. Sem resultados com a obra, passou a procurar na internet algo sobre o título da carta ou sobre o tal "Decreto do Rei". Nada encontrou. Smith pegou seu caderninho de anotações que estava guardado na gaveta da mesa e o enfiou no bolso.

– Vamos dar um pulinho na biblioteca, e ver se descobrimos alguma coisa sobre a fonte original do "Decreto do Rei" – sugeriu o detetive, já se levantando.

– O senhor é quem manda.

Agora, com o carro do Departamento de Polícia, seguiram ao "ajuntamento de livros".

CAPÍTULO 5

Ao chegarem à Biblioteca Pública de Nova Iorque, dirigiram-se à recepção. Um jovem os encaminhou até a curadora de livros raros. A moça era loira e usava óculos com armação na cor preta. Sua saia - que ia um pouco abaixo do joelho - fazia par com o blazer em tom azul-escuro. Cabelos presos em forma de coque e salto discreto - adequado para a profissão - completavam o figurino da bibliotecária. Na mão esquerda ela usava um anel de noivado. Smith logo percebeu que a moça era organizada e estudiosa. No crachá estava estampado o nome: Lucy.

Mostrando-lhe o distintivo, Smith apresentou-se:

- Olá, Lucy.

- Oi - cumprimentou a moça de voz meiga.

- Sou o detetive Smith, e este é meu colega Carson. Estamos investigando um caso e temos esta carta como pista. Gostaria de saber se você poderia nos ajudar a obter mais informações sobre seu conteúdo.

- Posso sim - disse ela, pegando o papel nas mãos. Instantaneamente, Lucy passou a procurar algo em seu computador. O barulho das teclas era constante. Até que enfim, os "Tlec-Tlecs" cessaram.

- Aqui está. Por favor, me acompanhem!

Smith e Carson a seguiram. Lucy foi até uma das estantes e abriu-a com uma chave. De lá, retirou um livro muito antigo. O livro tinha capa preta. Em dourado uma inscrição: "Nações e a vitória".

- Vejamos. Não temos informações sobre este livro, mas aqui está: "O decreto do Rei". Capítulo 10, página 204.

Lucy depositou o livro sobre a mesa, permitindo que Smith e Carson também pudessem observar a obra. Logo no início do capítulo, havia um parágrafo introdutório que dizia exatamente como estava na carta: *"Não provoque a outra nação, respeite-a como ela deveria lhe respeitar. Evite a guerra. Porém, se a outra nação tornar a guerra necessária, guerreie! Não com fins gananciosos, mas faça a guerra"*.

Lucy rapidamente leu o capítulo e percebeu que ele não falava nada sobre a história dos dois amigos *Yehudah e Yishmael*. O capítulo apenas abordava algumas das estratégias de guerra que grandes líderes da história utilizaram. Estratégias tais, que os levaram à vitória.

Esclareceu a moça:

– Ok! Se bem entendi, este capítulo afirma que a vitória não pode ser apenas definida pela quantidade de território que um império conquista, mas sim, pela qualidade de vida do povo deste império. – A moça fez uma pausa, mexeu nos óculos e concluiu. – O autor argumenta que a guerra leva à morte de muitos. Por esse motivo, a guerra deve ser evitada. Porém, se o inimigo inicia um combate, deve-se revidar. Outra ocasião em que se deve fazer guerra é no caso de alguém ser oprimido. Deve-se dar fim aos maus-tratos, isso tanto na sua própria nação como em outra. Nestes casos, a morte dos soldados será eficaz.

Após esta breve análise, Lucy olhou um tanto quanto decepcionada com o que encontrara, e anunciou:

– Bem... acho que isso é tudo.

– Uau – disse Smith. – Isso é o que eu chamo de um bom resumo. Sua análise foi muito útil. Obrigado por sua dedicação.

– Às ordens. Se precisarem de algo, estarei aqui – garantiu ela, sorrindo.

Os dois se despediram da moça, e se foram.

CAPÍTULO 6

O celular de Smith tocou.

- Alô.

- Smith, é o Morony.

- Descobriu algo?

- Olha, acho que você deve fazer uma visita à empresa "Limpeza do Lar". No apartamento de Sr. Willson foram encontradas apenas duas digitais: a dele, e outra, segundo consta em nosso sistema, pertence à Amélia Diaz. Ela é uma das funcionárias da empresa.

- Qual o endereço?

- Tem caneta e papel?

Smith pegou seu caderninho.

- Pode falar. - Morony deu as coordenadas. - Certo, já anotei. E as pegadas?

- Está difícil. Já contatei um especialista em tênis para me ajudar.

- Ok! Qualquer novidade me avise. Até mais.

***

Chegando à empresa, Smith dirigiu-se até a recepcionista - uma jovem latina que estava debruçada sobre o balcão lendo uma revista. Em seu crachá, estava escrito: Lorena. Ao ver os policiais, a moça - que incessantemente mascava um chiclete - retirou os fones do mp3 dos ouvidos e retesou-se no banquinho.

- Olá, Lorena. Gostaríamos de falar com Amélia Diaz.

A jovem desceu do assento e abriu uma porta que estava atrás de si:

– Pai, têm alguns policiais aqui. Eles querem falar com Amélia – gritou ela.

Em poucos segundos um homem magro veio até eles. Secando as mãos em uma toalha, o latino apresentou-se:

– Olá, sou Héctor, o dono da empresa. Em que posso ajudá-los?

– Procuramos por Amélia Diaz.

– Posso saber do que se trata? – perguntou o homem assustado.

– Um cliente de vocês, John Willson, faleceu esta madrugada. É bem provável que sua funcionária tenha sido a última pessoa a estar no local do incidente.

– Oh, meu Deus. Mas vocês acham que Amélia o matou?

– Não. De acordo com nossas investigações, Sr. Willson faleceu de morte natural. Porém, junto ao corpo foram encontradas algumas coisas estranhas, e precisamos saber se ela sabe de algo.

– Amélia está de folga hoje, mas posso lhes dar o endereço dela – disse Héctor, anotando o endereço em um papel.

– Amélia é uma boa mulher – afirmou ele.

– Creio que sim. Muito obrigado – disse Smith, pegando o papel.

CAPÍTULO 7

Enquanto seguia do Greenwich Village rumo à Avenida Leggett, no Bronx, Smith pensou consigo mesmo: *"Mas afinal de contas, quem é esse policial que está ao meu lado?"*. Neste momento, virou-se para Carson, e perguntou:

- Mas, e quanto a você, policial. Qual é a sua história?

Carson deu um belo sorriso. Com os olhos fixos no para-brisa, colocou o cotovelo na janela e com o braço, apoiou a cabeça.

- Bem... vejamos. Deixe-me pensar por alguns segundos... Certo, vamos lá! Minha mãe cursava História, e durante o verão de 1969 a turma da faculdade resolveu ir até a África para fazer um safari. Quis o destino que meu pai fosse o guia daquela excursão. Ao longo daquele mês que minha mãe ficou na África, meu pai e ela acabaram se apaixonando. Depois que a viagem terminou, minha mãe voltou para Nova Iorque. Os dois, muito apaixonados, continuaram se comunicando ao longo de um ano por meio de cartas. No ano seguinte, meu pai resolveu deixar a África para vir morar nos Estados Unidos. Meu avô era rico e, por conta disso, minha mãe conseguiu um trabalho para meu pai em uma das empresas do velho. No outono de 1971 meus pais se casaram e um ano depois eu nasci. Nos primeiros quatro anos de casamento tudo correu normalmente. Entretanto, meu avô nunca aceitou aquela união. Ele achou que seria uma aventura de juventude, mas quando percebeu que o relacionamento deles era algo sério, começou a tentar separá-los. Minha mãe teve uma briga com meu avô, e por isso decidiu que deveríamos ir morar na África. No final daquele mês, nos mudamos para a cidade do Cabo, na África do Sul. Lá tudo ia bem. Mas, em uma noite de lua cheia, quando voltávamos de uma festa de casamento de nossos parentes, passamos por uma pequena vila no interior, quando alguns homens de uma guerrilha tribal simplesmente metralharam nosso carro. Minha mãe mandou que eu me abaixasse. Mas já era tarde. Meu pai foi baleado no peito, e o nosso carro acabou capotando. A gasolina começou a vazar. Meu pai estava morto e minha mãe estava presa nas ferragens. Eu consegui sair do carro e tentei puxá-la, mas não pude retirá-la de lá. Ela me empurrou e me mandou correr. Enquanto eu me afastava do carro, a última coisa que ela me disse foi: "Viva seus sonhos, meu pequenino".

Carson, com a voz presa pela dor de lembrar-se destes fatos, prosseguiu a história:

– Essa era a frase que minha mãe sempre me dizia antes que eu fosse dormir. Quando ela terminou de falar, o carro explodiu, e eu caí desmaiado no chão. Quando abri novamente meus olhos, já estava em um hospital. Minha avó materna ficou sabendo o que tinha acontecido e decidiu me buscar para vir morar com ela e meu avô aqui nos Estados Unidos. Ela sempre me amou muito. Sinto que para ela, eu era a única lembrança que ela tinha de minha mãe. Meu avô ficou muito triste por alguns meses. Até que um dia ele me chamou no escritório e me pediu perdão. Chorando muito, somente repetia: "Desculpe, meu garoto, eu matei sua mãe, pois se eu não tivesse importunado seus pais, eles estariam aqui conosco". Ele me abraçou, e disse que jamais deixaria de cuidar de mim. Bem, na juventude cursei Direito. Trabalhei em algumas das maiores empresas da área e ganhei muito dinheiro. Foi neste período que me casei.

Carson fez uma pausa em seu discurso.

– Detetive, desculpe interromper meu relato, mas creio ser este o endereço.

– É este mesmo – concordou Smith, já estacionando a viatura. Enquanto desembarcavam do carro, Smith comentou:

– Isso é que é uma grande história. Agora fiquei curioso para saber o resto.

CAPÍTULO 8

Após subirem trotando as escadas do velho prédio, bateram na porta de número 302. Uma mulher os atendeu, deixando a porta presa com a corrente de segurança. Ela aparentava ter cerca de 40 e poucos anos. Tinha cabelos notavelmente pintados de preto e usava um avental.

– Amélia? – inquiriu Smith.

Colocando a cabeça no vão da porta, ela respondeu:

– Sim. O que desejam?

– Sou o detetive Smith e este é o policial Carson. Gostaríamos de lhe fazer algumas perguntas sobre seu trabalho no apartamento de Sr. Willson.

– Aconteceu alguma coisa com ele? – perguntou a mulher, com um sotaque espanhol.

– Ele foi encontrado morto esta manhã.

– Oh, meu Deus! – lamentou a mulher, tapando a boca com a mão. Ela destravou a correntinha e abriu a porta.

– Por favor, entrem!

A casa estava sendo limpa. O cheirinho de lavanda exalava do piso. Era possível ouvir vozes de crianças vindas do interior do imóvel.

– Com licença – pediu a mulher. Ela foi até o quarto de onde vinha o barulho. Após poucos segundos, o agito cessou.

– Desculpe, meus netos estão jogando videogame.

– Sem problemas – disse Smith. – Só precisamos fazer algumas perguntas. Seremos breves.

– Claro! Podem perguntar.

– Bem, ontem você limpou o apartamento de Sr. Willson?

– Sim – confirmou, balançando a cabeça incisivamente. – Há dois meses Sr. Willson contratou nossos serviços de limpeza. Eu ia lá uma vez por semana. Ele me deixou uma cópia da chave do apartamento e disse que se eu precisasse de algo, deveria ligar para a relojoaria. Dificilmente o via.

– Certo. E a que horas você chegou lá ontem?

A mulher puxava a informação da lembrança, buscando ser o mais clara possível.

– Se não me engano... era 1h da tarde. Espere... não. Acho que era 1h10. – Balançando o indicador, afirmou: – Isso mesmo! 1h10. Limpei tudo, e perto das 4h fui embora.

– Você percebeu algo de diferente naquele dia? – inquiriu Smith, anotando tudo no caderninho. – Alguma pessoa suspeita que estivesse observando o local?

Amélia pensou.

– Não. Acho que estava tudo normal, como sempre. Não me lembro de ter visto estranhos ou coisa parecida.

– Ok! Por hora, era isso. – O detetive retirou um cartão de visita de dentro do bolso, e entregou a ela. – Caso se lembre de mais alguma coisa, este é o meu número.

– Sim, sim – disse Amélia, assentindo com a cabeça. Ela guiou os policiais até a porta.

– Tenha um bom-dia – despediu-se Smith.

– Vocês também.

***

Após estas descobertas, o detetive ligou para Morony e lhe relatou os fatos. Foi desligar o aparelho que tornou a tocar. Do outro lado da linha estava o policial Alister. Ele informava que estava com dois homens sob custódia. Os malandros se entregaram e confessavam ter arrombado a entrada da relojoaria.

CAPÍTULO 9

Já no carro, voltando para a delegacia, Smith quis saber o resto da história:

– Você dizia que se casou... – relembrou Smith.

– Isso. O nome de minha esposa é Janet. Tivemos três lindos filhos. Eu estava bem no trabalho e as coisas iam bem com nossa família. Mas, apesar de tudo isso, sentia que aquele não era o meu "mundo". – Ele fez o gesto de aspas com os dedos. – Foi então que em um belo dia enquanto me dirigia ao escritório, parei o carro em um semáforo. Do meu lado direito parou um carro estilo família. Rapidamente, um bandido simplesmente apareceu batendo no vidro daquele automóvel com uma arma. O bandido, que aparentava ter 20 e poucos anos, mandou a motorista sair. Notei que a mulher estava desesperada. Ela desceu do carro e foi em direção à porta traseira do veículo. Não sei, na hora pensei que ela fosse tentar pegar a bolsa ou algo do gênero. Mas, quando ela abriu a porta, vi que no banco de trás havia uma criança na cadeirinha. Justo naquele momento o ladrão arrancou o carro. Fiquei desesperado. Impulsivamente, acelerei. Empurrei a minivan em direção à calçada. Prensei-a na parede até ela parar. Quando o bandido percebeu que não conseguiria arrancar, desceu do carro, deu alguns tiros em minha direção e fugiu. Não pensei duas vezes, desci do meu veículo, peguei a criança e a entreguei à mãe. As pessoas que estavam ao meu redor começaram a me aplaudir. Sei lá, deviam estar pensando que eu era muito corajoso e que esse ato foi de pura valentia. Mas fato é, que quando me dei conta do que realmente havia acontecido, tive a sensação de que meu coração fosse sair pela boca. Minhas mãos e minhas pernas começaram a tremer tanto que pensei que fosse cair no chão. Quando olhei para o meu carro, vi que um dos tiros acertara a lateral do banco do motorista. Bem, para resumir a história, foi ali, naquele momento de adrenalina e pavor, que decidi me tornar um policial.

– Uau! – exclamou Smith. – Isso é o que eu chamo de uma grande história.

Retirando uma foto da carteira, Carson apresentou a Smith sua família.

– Veja, esta é minha esposa Janet. E estes são meus filhos. Michael tem 9 anos, Chris tem 6 anos, e esta é Judy, minha princesinha, de apenas 4 anos.

O celular de Smith tornou a tocar. David, foi o nome que apareceu no visor. Era seu cunhado.

– Preciso atender. Só um minuto.

O policial aquiesceu. Antes de guardar a foto ele deu uma última olhadinha.

CAPÍTULO 10

Carson sempre gostou de correr. No ano de 1997, ao final de uma de suas habituais corridas no Central Park, viu uma linda moça que se alongava. Ela era negra. Tinha lábios delicados e lindos olhos castanho-escuros que combinavam com sua fisionomia.

Aproximando-se dela, Carson fez de conta que também se alongava para começar uma corrida. Sem muita demora, ele a cumprimentou:

- Olá!

- Oi! - disse ela, com voz suave.

- Eu nunca a vi por aqui - comentou.

- Eu também não - disparou ela, à queima-roupa.

Os dois deram risada da piada.

- Desculpe, não pude evitar. Sou Janet. Janet Williams.

- Kevin Carson. Muito prazer.

A jovem estava com os cabelos alisados e amarrados para trás - certamente para não atrapalhar a corrida. Também usava um boné aberto de cor branca, uma legging de malha preta que ia até a metade da canela, e um tope da mesma cor. Suas meias e tênis eram brancos e próprios para caminhada. E claro, não fugiu a percepção de Carson que eles eram novos.

- Você veio correndo de casa para estar tão suado assim?

Carson não conteve o riso.

- Acho que não tive a melhor das ideias para puxar conversa.

- Mas até que você se saiu bem - disse ela, com um sorriso encantador.

- Bem, já que quebramos o gelo, posso acompanhá-la na caminhada?

– Humm... deixe-me ver... – Com a mão no queixo ela deu uma olhada de cima para baixo no esbelto, como se estivesse analisando a proposta, e então respondeu: – Acho que você merece uma chance.

Os dois começaram a caminhar.

Em certos momentos de nossa vida, conhecemos algumas pessoas que, desde o primeiro momento em que as vimos, despertam em nosso coração um sentimento de que não apenas as conhecemos há muito tempo, como também temos a certeza de que é com elas que passaremos o resto de nossos dias. Este era o sentimento que estava no coração de ambos.

– Então me diga: quem é você, Sr. Carson?

– Bem, vejamos... Além de corredor e péssimo ator, sou advogado. Tenho medo de altura. Amo Nova Iorque. Gosto da cor azul-escura, e tenho um sexto sentido...

– Ah, é! – gracejou Janet.

– Sim! E neste momento ele me diz que você comprou tênis novos. Talvez porque seus antigos estivessem velhos. Ou quem sabe, porque você se mudou a pouco e para poder provar novos sentimentos, quis começar livrando-se das tralhas velhas, entre elas, seus antigos tênis de corrida.

A cada palpite que Carson dava, Janet sorria. Carson fez uma pequena pausa, observou a mão da moça, e então prosseguiu sua onda de palpites:

– Olhando para sua mão vejo a ausência de um anel. Juntando isso ao fato de que veio correr sozinha, há uma grande chance de que você esteja solteira.

– Humm... Vejamos... Ok, com base nos meus tênis, você acertou 50% do que estou vivendo. Realmente me mudei de Washington-DC na semana passada. De fato joguei minhas "velhas tralhas" fora, entre elas, meus antigos tênis. Por esse motivo, quando cheguei aqui, comprei tênis novos. – Janet deu um passo à frente, e girando na ponta do pé, ficou de frente para Carson. Caminhando de costas, prosseguiu:

– Porém, sobre seu palpite em relação à minha vida amorosa, preciso lhe informar que, segundo a vontade de uma pessoa, estou indisponível para um relacionamento amoroso!

Carson ficou sem graça.

Janet por sua vez, caiu na gargalhada.

– Calma! É brincadeira. Estou solteira. Mas meu pai sempre diz que estou indisponível a todos os pretendentes. Eu tinha que ter filmado sua cara – disse ela sorrindo. – Parabéns, Sr. Carson, você é um bom observador. Com mais esses 50% você acertou tudo.

Dando risada, Carson expirou o ar dos pulmões, e levando a mão ao coração, simulou um ataque cardíaco.

– Nessa você me pegou, Srta. Williams. Mas me diga, que "ventos" a trouxeram para Nova Iorque?

Janet posicionou-se novamente à direita de seu companheiro.

– Humm... Sabe quando existe um lado mais forte e outro mais fraco?

Carson assentiu com a cabeça.

– Bem, minha empresa abriu uma filial aqui, e então fui transferida.

Carson interveio:

– Então me diga o nome de seu chefe. Preciso agradecê-lo.

Janet sorrindo, deu-lhe um soquinho amistoso no ombro.

Carson titubeou um pouco, mas decidiu fazer "a pergunta":

– Há algum motivo em específico para que sua mão esteja sem a presença de um anel?

– Não. Há um ano eu usava um. Tive um namorado que ao longo do tempo se mostrou ciumento. Depois do noivado ele me deu belas demonstrações de violência.

Soltando de uma só vez o ar dos pulmões, Janet desabafou:

– Então, vi que não era isso que eu queria para mim. Decidi terminar tudo.

– Certo.

– E aí, vamos apressar o passo? – propôs ela.

– Você que manda!

Com um grande sorriso estampado no rosto, Carson demonstrava que aquela linda moça que acabara de conhecer, sem sombra de dúvida, era a melhor coisa que lhe acontecera nos últimos anos.

Os dois caminharam até o entardecer. Chegando ao final da "jornada" eles trocaram os números de telefone.

– Amanhã nos vemos aqui novamente? – indagou o ansioso.

Enquanto caminhava até o outro lado da rua, Janet virou-se, e assentiu positivamente.

No decorrer daquela semana, dia após dia, ao entardecer, os dois encontravam-se para caminhar. Durante o percurso de cerca de uma hora, conversavam sobre trabalho, filmes, comidas preferidas, o bairro onde moravam, esportes, família etc. Sem dúvida, aquele era para ambos o momento mais esperado do dia.

Tudo seguiu desta forma, até que na sexta-feira Carson não apareceu para a caminhada. Janet tentou ligar para o celular dele, mas não teve resposta. Ela o esperou por algum tempo, e então caminhou sozinha. Após a breve caminhada, foi para casa.

Deixando o celular em cima da mesinha da sala, foi tomar banho. Ao sair do banheiro, notou que no celular havia várias mensagens de voz deixadas na caixa postal por Carson.

Seu coração batia em pleno vapor dentro do peito. A respiração ficou ofegante. Janet estava com suas emoções em um turbilhão. Ela sorriu. Foi exatamente ali, sentada no sofá da sala, que percebeu estar apaixonada.

Quando ia começar a escutar as mensagens, a campainha da casa tocou. Ela foi até a porta. Respirou fundo. Tentando acalmar-se, fechou os olhos. Afinal, ela tinha certeza de que era Carson quem estava ali.

Mas, ao abrir a porta, ao contrário de um homem negro e esbelto, lá estava um homem baixinho e gordinho. Ele era o motorista da limusine que estava estacionada em frente a casa. Ele trazia em sua mão esquerda um buquê de flores. Na outra mão, segurava um lindo vestido preto e um par de sapatos.

– Ele pede desculpas por ter se atrasado – disse o homem, entregando os presentes. – Eu a espero aqui.

Janet estava estarrecida. Seus sentimentos eram um misto de alegria com extrema ansiedade. Sorrindo muito, pegou os presentes e foi se arrumar. Após maquiar-se e ajeitar os cabelos, escolheu um lindo par de brincos e uma gargantilha discreta para combinar. Passou um perfume suave, e antes de sair, deu uma última olhadinha no espelho para ter certeza de que não havia se esquecido de nada.

– A senhorita está maravilhosa! – disse o motorista abrindo a porta do carro.

O destino logo seria revelado. Um lindo e charmosíssimo hotel. Ao parar o carro, um funcionário abriu a porta para ela.

– Boa noite, senhorita!

– Boa noite.

O rapaz a conduziu até o elevador. Janet estava amando tudo aquilo, entretanto, estava muito apreensiva. *"Não demonstre que está tão apaixonada!"*, dizia a si mesma.

O elevador subiu até a cobertura. Ao chegar ao topo do prédio, o coração da moça quase saía pela boca. Suas mãos estavam geladas. Ela fechou os olhos por alguns segundos e suspirou.

As portas se abriram. Quando Janet olhou para frente, ali estava Carson a esperando. Ele usava um terno preto de corte italiano. Ela nunca o vira com uma roupa tão elegante.

Carson aproximou-se dela e a beijou no rosto.

– Desculpe pelo atraso – disse Carson, cheio de doçura na voz. – Você está linda!

Janet colocou lentamente a mão no rosto de Carson, fechou os olhos, e aproximando seus lábios dos dele o beijou. Carson estava com as mãos na cintura dela. Também fechando os olhos correspondeu ao beijo. O silêncio foi absoluto. Os dois corações batiam no mesmo compasso. Seus lábios uniram-se em uma perfeita sincronia, firmando ali um pacto eterno.

"Plin", fez o som da campainha do elevador que se abrira.

O garçom, saindo do elevador, ficou todo encabulado. O beijo terminou. Logo o casalzinho apaixonado começou a rir.

– Por aqui – disse o garçom, conduzindo-os até a mesa.

A brisa no local era suave. Toda cobertura estava reservada apenas para eles. A mesa que Carson escolhera ficava próxima à lateral do prédio. Dali era possível ter uma visão panorâmica da cidade, algo realmente inexplicável. As luzes do Empire State se destacavam no meio dos arranha-céus. Carson puxou delicadamente a cadeira para Janet, e depois se sentou.

– Meu chefe marcou uma reunião de última hora, e meu celular ficou no escritório – explicou.

– Acho que você conseguiu se desculpar – disse ela, com os olhos brilhando de emoção. – Mas como você conseguiu arrumar tudo isso tão rápido?

– O restaurante foi fácil. Sou advogado do dono do hotel. Quanto aos presentes. Bom... posso dizer que tenho uma boa secretária.

– Aham... Sabia que tinha o dedo de uma mulher nisso tudo.

Carson deu de ombros.

A conversa entre eles mais parecia a de amigos que se conheciam há anos. A sintonia dos dois era incrível. Gargalhadas eram constantes. A conversa não se tornava de forma alguma enfadonha. O jantar estava perfeito. Para Janet, aquele momento era um sonho do qual ela jamais gostaria de acordar.

CAPÍTULO 11

Assim que chegaram à delegacia, o detetive e o policial se dirigiram até a sala de interrogatório. Mal adentraram o local, e Carson já ria sem parar:

- Hahahaha... Que parada é essa?

Smith conseguiu disfarçar o riso mordendo os lábios. Realmente a "parada" era bizarra. À sua frente estavam sentados dois rapazes. Eles eram negros e usavam roupas de rappers. Um dos jovens era todo magricelo e tinha os olhos esbugalhados. Por outro lado, seu parceiro era um gordo - e acredite se quiser, o montanha era estrábico. Ele mais parecia um camaleão. Com certeza, esse rapaz é um dos poucos que consegue literalmente ficar de olho tanto no lançador quanto no rebatedor em um jogo de beisebol. Um daqueles homens já seria suficiente para fazer o mais sério dos "mortais" desabar em risos. Mas juntos... Nossa! Juntos, com certeza ganhariam o prêmio de dupla mais feia do ano. De fato, os dois eram a prova viva de que Deus tem senso de humor.

Smith concentrou-se a fim de não dar risada daqueles "dois figurões". Respirando fundo, perguntou:

- Então, por que vocês roubaram a relojoaria?

- Seu policial, nós devolvemos tudo! - garantiu um deles, com uma espécie de choro e gagueira.

O detetive pegou as fichas e as leu brevemente.

- Pelo que vejo aqui em suas fichas, vocês têm apelidos bem sugestivos. Quem é o East?

- Sou eu! - disse o magrelo.

- Devo presumir que você seja West? - inquiriu Smith ao outro.

– Sim, senhor! – afirmou o gordo. Os dois homens fizeram um cumprimento meio estranho. Algo que mais parecia uma coreografia com as mãos.

– Nós vamos abalar esse "Mundo de meu Deus" de Leste a Oeste! – acrescentou East.

Neste momento, o policial Carson definitivamente não conseguiu mais segurar o riso contido. Como se tivesse ouvido uma piada muito engraçada, soltou a gargalhada.

– Hahahaha... Oh, merda... Desculpe, senhor – declarou, tapando a boca com a mão. Respirando fundo, ele mirou o teto e permaneceu olhando para cima, tentando não dar mais risada.

Smith, esforçando-se para permanecer sério, também usou essa tática e não olhou mais os homens nos olhos. Tentando cumprir com o protocolo, prosseguiu:

– Bem, pelo que vejo vocês não têm antecedentes criminais. Por que cometeram esse delito?

O jovem chamado West começou a explicar:

– Seu policial, nós nunca tivemos vontade de roubar a relojoaria. Nada disso foi pré-agendado!

"Puta merda! Não me aguento mais."

– Hahahaha... – Smith não conteve mais o riso. Os músculos de seu rosto involuntariamente se repuxavam expondo seus dentes em "público". Quando Smith olhou para o lado, viu que o policial Carson escorava-se na parede de tanto rir. Carson parecia estar tendo dores de barriga. A gargalhada dos dois foi intensa.

Smith respirou fundo.

– Ok! Vamos lá... Você quis dizer, premeditado?

– É isso aí, seu guarda!

Smith respirou fundo. Passando os dedos nos olhos, enxugou as lágrimas. Carson fez o mesmo. Recompondo-se, o policial tornou a desculpar-se:

– Perdão, Smith. Perdão, rapazes. É que acabo de me lembrar de uma piada. Pode continuar, senhor. Vou tentar esquecê-la.

Smith deu uma risadinha malandra.

– E que piada, hein! Desculpe, West. Prossiga.

– Então, seu guarda, nós apenas pegaríamos alguns objetos emprestados na relojoaria. Mas isso só porque estávamos desesperados – justificava o homem, demonstrando arrependimento. – Eu e East somos amigos desde a infância. Nós sempre gostamos de música. Começamos a cantar desde cedo no coral da igreja. Mas, sabe como é... nós gostamos de rap, aí começávamos a cantar neste estilo no meio dos hinos. Os jovens da igreja ficavam animados e nos davam a maior força, batendo as palmas no ritmo. O pessoal do instrumental também seguia "nossa batida". Mas o problema é que os velhinhos da igreja achavam que "nossa pegada não agradava a Deus". Por isso, nos expulsaram do coro. Sem saída, começamos a ir a barzinhos de caraoquê. Até que era legal, mas, como somos meio distraídos, acabávamos contando piadas no meio das músicas. O senhor tinha que ver, a plateia toda morria de rir delas.

"Não era bem das piadas que eles davam risada", pensou Smith.

– Foi neste período, quando já estávamos perdendo as esperanças de ganhar dinheiro com nossas músicas – continuou o montanha – que um produtor musical chamado Preston nos disse que se conseguíssemos dois mil dólares, ele nos faria gravar um CD. Aquela era nossa chance. Fomos à luta. Para conseguir a grana, tentamos vender cachorro-quente, entregamos jornais e até cortamos grama. Mas não conseguimos juntar nem quatrocentos dólares. Foi então que um chegado nosso chamado Julius, disse que sabia com quem poderíamos conseguir o dinheiro. Ele nos apresentou um agiota chamado Carlos X. Pegamos o dinheiro com ele, e ficamos de devolver a grana quando vendêssemos os CDs. Depois que saímos de lá, entregamos o dinheiro para Preston.

West e East fizeram caras de total desprezo. Era possível sentir a raiva deles.

– Aquele desgraçado! – exclamou o rapaz. – Ele é um picareta. Fugiu com todo o dinheiro e nos deixou encrencados. Carlos X disse que teríamos um dia para arranjar a grana, caso contrário, iríamos "gravar CDs com o John Lennon no estúdio do Além".

O rapaz ergueu as mãos.

– Então, seu policial, como um raio de sol, vimos uma movimentação estranha na frente do apartamento de Sr. Willson. Acabamos descobrindo que ele havia "ido pra glória".

– Deus o tenha! – emendou East, também erguendo as mãos para o alto.

West continuou contando os fatos:

– Então, seu guarda, sabíamos que Sr. Willson não tinha parentes, por isso resolvemos pegar algumas coisas emprestadas na relojoaria, para pagar a dívida com Carlos X. Quando conseguíssemos o dinheiro com a venda dos nossos CDs, devolveríamos tudo.

West chorando balbuciava:

– Mas, seu guarda – disse ele, esfregando o nariz na manga da camiseta –, quando entramos na relojoaria, não tivemos coragem de roubar nada...

Smith percebeu que aqueles dois não foram os responsáveis pelas pistas encontradas junto ao corpo. Mas quem sabe eles tivessem visto algo? Passando a mão no queixo, ele lhes perguntou:

– E o que vocês sabem sobre o relógio e o envelope encontrados junto com o corpo de Sr. Willson?

Surpresos, os rapazes se olharam, e em uníssono responderam:

– Nada!

– Tudo o que sabemos é o que contamos, seu guarda – acrescentou West. Neste momento, o rapaz teve uma ideia para um rap, e então começou a cantar:

– "Sem querer, buscou encrenca"!

East continuou:

– "E seu irmão o ajudou"!

Smith pensou: *"O que fazer com esses dois?"*. Sem muitas opções, decidiu deixá-los presos por terem arrombado a relojoaria. Assim, pelo menos os dois ficariam seguros do tal Carlos X. No instante em que saía da sala, o detetive foi surpreendido ao ver Carson anotando algo em um bloquinho de notas e entregando o bilhete aos rapazes.

– Entrem em contato com esse cara. Ele se chama Alan Karl. Digam a ele que foi Carson quem lhes indicou!

– Poxa, irmão, valeu mesmo, hein!

***

Saindo do recinto, Smith franziu o cenho. Ele estava intrigado. Afinal, as pistas coletadas não eram suficientes para maiores conclusões sobre o caso. Se Sr. Willson morreu de causas naturais, ainda não há um crime qualificado. Porém, a porta do apartamento fora arrombada. Juntando o arrombamento com a frase: "Mais uma pessoa morrerá", é possível caracterizar uma ameaça de assassinato.

Talvez por Smith ter se emocionado tanto com o corpo do idoso, algo poderia ter lhe passado despercebido dentro daquele apartamento.

– Carson, precisamos voltar à casa de Sr. Willson. Vamos confirmar que nada nos fugiu aos olhos. Observe cuidadosamente todo o local – alertou. – Talvez consigamos outras evidências.

– Sim, senhor – concordou. – Vou analisar tudo com muito cuidado – assegurou Carson, em tom de seriedade.

De Mustang, Smith e Carson seguiram ao apartamento da vítima. Ao entrarem no carro, o clima entre eles já era bem descontraído – em parte pela estranha fisionomia dos rappers. Apesar da bizarrice, a amizade daqueles dois figurões parecia fazer parte do DNA de ambos. Smith aproveitou então para questionar o policial:

– Carson, se me permite perguntar, quem é Alan Karl?

– Ah, sim! Karl tem uma gravadora. Nós nos conhecemos há alguns anos, quando ele apareceu no meu escritório em busca de um advogado – explicou Carson.

– Sempre gostei de tocar bateria – prosseguiu o policial. – Um belo dia, Karl me convidou para conhecer seu estúdio. Acabei ficando fascinado com tudo aquilo.

– Nossa! Eu toco guitarra – revelou Smith, empolgado. – Poderíamos gravar um som um dia desses – sugeriu. – O que você acha?

– Com certeza, senhor. Será um prazer. Eu montei um pequeno estúdio em casa.

– Sério?

– É, sabe como é... Como diz o ditado: "Grave ou escreva! Caso contrário, alguém o fará".

Smith ficou entusiasmado com o convite que acabara de receber. Afinal, sua guitarra já começava a virar sucata.

CAPÍTULO 12

– Acho que primeiramente devemos fazer algumas perguntas à Sra. Sanders. Talvez agora ela esteja mais calma e consiga se lembrar de algo.

Os dois subiram até o terceiro andar. A subida foi em silêncio. A cada degrau que Smith transpunha, mais seus sentimentos ficavam fragilizados. Era nítida sua comoção.

Em alguns momentos de nossas vidas, sentimos um vazio dentro de nós. É um sentimento que nos traz à tona não somente a saudade de pessoas que perdemos, mas também uma onda de sentimentos que essas perdas nos trouxeram naquela época.

Ao chegarem ao apartamento de Sra. Sanders, Carson bateu na porta. Com um lindo sorriso, a idosa os atendeu.

– Olá, Sra. Sanders, lembra-se de mim?

– Claro, policial Carson.

– Quem bom! Bem, eu e meu colega gostaríamos de lhe fazer algumas perguntas. Seria possível?

– Sim, sim. Por favor, entrem!

A mulher era um poço de gentileza. Ela aparentava estar na casa dos 70. Seus cabelos eram brancos e meio ondulados. Seus olhos esverdeados lembravam grandes pedras de esmeralda. Pelo cheirinho suave que ela exalava, era bem provável que tivesse usado algum creme na pele.

O apartamento seguia a mesma estrutura que o do Sr. Willson.

– Sentem-se! – disse ela, apontando para os sofás.

Smith sentou-se ao lado do colega.

– Deixe-me pegar uns docinhos para vocês.

– Não precisa se incomodar, Sra. Sanders – falou Carson. – Só precisamos de alguns minutinhos de sua atenção.

– Mas eu faço questão, policial – insistiu a mulher, com um sorriso encantador. – Você não me fará essa desfeita... Fará?

– Está bem! – concordou Carson. – A senhora venceu.

– Assim é melhor! – disse ela, balançando o indicador. – Só um instante. Eu já volto.

Com um andar sereno ela moveu-se rumo à cozinha.

Smith, que até então aparentava ser um mudo, deu um cutucão no braço do parceiro. Com o queixo, apontou para uma foto da estante.

Na foto, Sr. Willson estava abraçado com uma mulher. Já Sra. Sanders estava acompanhada de um homem. A mulher que estava ao lado de Sr. Willson, ao que tudo indicava, deveria ser sua esposa. Ela tinha uma pele clara e olhos castanho-escuros. Seu narizinho era levemente empinado na ponta. Na foto, a mulher não mostrava os dentes. Mas ela também não parecia estar séria. O mais provável é que ela deu um sorriso de lábios fechados.

Sra. Sanders retornou da cozinha. A mulher depositou uma bandeja cheia de quitutes sobre a mesa. Carson foi logo ao ataque.

– Espero que gostem! – disse ela. – Acabaram de sair do forno.

– Está uma delícia, Sra. Sanders – respondeu o policial, com a boca cheia.

A mulher nem sentou, e Smith já lhe inquiriu:

– Junto ao corpo, encontramos um relógio de bolso. A joia é toda de ouro. A senhora sabe se a peça pertencia ao Sr. Willson?

Com um belo sorriso no rosto a mulher educadamente lhe respondeu:

– John era relojoeiro. Relógio é o que ele mais tinha.

Carson deu risada. Smith não chegou a tal ponto, mas deixou transparecer um sorriso.

– No apartamento não encontrei celulares. A senhora sabe se ele tinha algum?

– Willson não era muito adepto das tecnologias. Você sabe... nós velhos preferimos mandar cartas – respondeu a mulher, com um sorrisinho.

– A senhora era amiga dos Willson?

A mulher mirou a imagem. Caminhando até a estante, apanhou o porta-retratos, e o entregou ao detetive.

– Este é Sr. Willson com sua esposa, Sarah. E este é meu falecido marido, Ernest.

A mulher se sentou em uma poltrona que ficava à esquerda de Carson. Neste momento, lágrimas lhe vieram aos olhos. Algo parecia ter-lhe causado tristeza. Após alguns suspiros misturados com soluços – como em um passe de mágica – as lágrimas logo foram acompanhadas por um sorriso.

– Sarah, há muito tempo atrás, fora professora infantil. Ela sempre me contava das técnicas que usava para fazer seus alunos gostarem de estudar.

Após uma pausa, a idosa voltou a verter lágrimas. Com a voz nitidamente falhada, prosseguiu:

– Sarah sempre cuidou de mim. Quando meu esposo Ernest morreu, todos os dias ela me trazia algum doce ou salgado. E todas as noites... sem exceção de uma sequer – frisou –, sempre antes de ir dormir, passava aqui em casa para ver se eu havia fechado bem as janelas, e para me desejar um bom descanso.

– Como Sr. Willson conheceu a Sra. Sarah? – perguntou Smith.

Aquela foi a pergunta certa para fazer seus olhos brilharem novamente. A mulher deu um grande sorriso.

– É uma bela história, policial. Um daqueles romances de filme... O pai de Sarah era um inventor de relógios. Após formar-se na universidade, John estava muito empolgado em aprender esta profissão. Ele pediu ao pai de Sarah que lhe ensinasse os "segredos de conservar o tempo nos relógios". No primeiro dia que John foi trabalhar, Sarah foi levar um casaco para o pai na relojoaria. Esta foi a primeira vez que ela e John se viram.

– Sarah e John pareciam eternos namorados – continuou. – Depois que Sarah se aposentou, passou a ajudá-lo na relojoaria. John a amava muito. Todos os anos, no dia do aniversário de casamento deles, John preparava uma viagem a um local diferente para eles conhecerem. No início do ano passado ele a levou a Paris. Sarah sempre me contava como desejava conhecer a França.

"Isto explica o cubo de cristal em cima da mesinha da sala."

Uma expressão de angústia tomou o rosto da idosa. Agora o choro da pobre Sra. Sanders parecia não ter limites. Carson retirou um lenço de papel que estava na caixinha em cima da mesa, e entregou-o à mulher. Tentando conter as muitas lágrimas, com dificuldade ela prosseguiu o relato.

– Mas quando voltaram da viagem a Paris, Sarah começou a não se sentir muito bem. Foi quando descobriram que ela estava com câncer. Aqueles foram dias muito difíceis para eles. John sempre a animava. No mês seguinte, após a descoberta da doença, John refez a cerimônia de casamento na igreja onde eles se casaram. Tudo estava como fora na primeira vez. A decoração, as músicas, cada detalhe. Ele cuidou de tudo. Todos que estavam presentes no primeiro casamento foram novamente convidados. Mas não só esses, também foram convidados todos os que se achegaram ao casal ao longo dos anos. A igreja estava repleta de amigos. Naquele dia, John e Sarah refizeram seus votos. A cerimônia foi muito linda.

Sra. Sanders precisou de um tempo para acalmar-se. Sua voz estava trêmula. Era possível notar que ela gostava muito da amiga.

– A senhora está bem? – perguntou Carson. – Quer um copo d'água?

A mulher assentiu com a cabeça. Ao voltar da cozinha, o policial lhe entregou o copo. A mulher bebeu água em goles profundos.

– Obrigada – agradeceu ela. Tomando forças, prosseguiu: – Os meses que se seguiram foram muito dolorosos para Sarah. John jamais saiu de perto dela. Foi então, no final do ano passado, que Sarah faleceu. John se manteve firme. Não sei como ele suportou a perda dela. Depois da morte da esposa, John passou a gastar todas as suas forças para cuidar da relojoaria.

"Concentre-se, homem. Segure o choro."

Agora era Smith que estava a ponto de derramar as lágrimas sobre o rosto.

– Eu sei que são muitas perguntas, mas estou quase acabando. A senhora sabe se Sr. Willson tinha amigos, ou se ele recebia visitas frequentemente.

– John se fechou muito depois que Sarah morreu. Sei que ele tem alguns amigos, mas acho que nenhum deles tentaria machucá-lo.

– Certo! Bem, hoje pela manhã notei que o apartamento estava praticamente vazio. A senhora sabe o porquê?

A mulher deu uma boa assoada no nariz.

– Depois que Sarah morreu, John doou muitas coisas – revelou ela. – Nunca lhe perguntei, mas acho que é porque elas o faziam ficar triste.

– Ok! Tenho uma última pergunta. A senhora tem alguma ideia de quem poderia ter deixado àquelas pistas no apartamento de Sr. Willson?

A mulher segurou firme o lenço. Com olhos ainda embebecidos, respondeu:

– Sr. Willson nunca teve inimigos – asseverou, com voz trêmula.

Smith não aguentava mais. Ou ia embora ou chorava. Levantando-se, despediu-se:

– Bem, precisamos seguir com as investigações. Sra. Sanders, obrigado pelos petiscos e pela colaboração.

Após essas breves palavras, Smith dirigiu-se à porta. Ainda que ele ansiasse em operar o procedimento padrão e dizer à Sra. Sanders: "Bem, se a senhora se lembrar de algo, entre em contato", ele não pôde. Seus sentimentos estavam à beira do precipício. Se ele ficasse mais um momento naquele aconchegante apartamento, com aquela senhora tão simpática, já não poderia mais segurar seu choro. Ele simplesmente desceu até o andar de baixo. Enquanto descia as escadas, pôde ouvir Carson falando à mulher:

– Muito obrigado por tudo, Sra. Sanders. Se a senhora lembrar de algo, pode nos ligar. Este é o meu telefone.

Smith sussurrou consigo mesmo: "*É, policial Carson, você está me surpreendendo a cada segundo. Como você pôde compreender-me tão rápido*".

CAPÍTULO 13

O detetive entrou no apartamento de Sr. Willson. De pé, na sala, esperou até que o policial viesse ao seu encontro. Ao entrar, Carson não lhe perguntou nada sobre sua saída repentina.

- Olhe a sala e a cozinha! - ordenou Smith. - Vou verificar lá dentro.

Carson assentiu com a cabeça. Sem demora, passou a buscar alguma evidência.

Smith, por alguns segundos observou aquele homem que conhecera a algumas horas.

"Carson, Carson! Sua presença tem me feito tão bem neste dia. Espero não decepcioná-lo."

O detetive entrou no escritório. No cômodo, havia uma mesa de madeira e uma estante com vários livros. Na parede não lhe passou despercebido um diploma de Harvard. Sr. Willson se graduara em engenharia.

Sobre a mesa, havia um porta-retratos. Nele, estava uma foto de Sr. Willson junto com sua esposa, Sarah, ao que tudo indicava, inaugurando a relojoaria.

Smith dirigiu-se para trás da mesa. Logo percebeu que a segunda gaveta estava aberta. Ali estava um álbum de fotos. Smith o pegou nas mãos. O álbum era muito delicado. Ele aparentava ter sido feito de uma forma manual.

As páginas do álbum foram preenchidas com fotos de Sr. Willson e de sua esposa, Sarah, comemorando - em vários locais diferentes - seus aniversários de casamento. Acima de cada foto constava o ano, o nome do lugar que visitaram e o número de aniversário de casamento festejado. Mas não era só isso. Na parte inferior de cada folha, abaixo das fotos, haviam pequenos recados de amor que eles escreviam um para o outro.

O detetive virou as páginas. Em todas as fotos o casal sorria. Aquele era o casal perfeito. Perfeito no amor. Perfeito na paixão. Perfeito no cuidado. Perfeito nos negócios. Como deve ser plenamente satisfatório olhar para trás e ver que na distante juventude tomou-se a decisão certa em relação ao amor. Aquele casal, ano a ano, foto a foto, parecia mais feliz. Era como se eles não envelhecessem, como se o seu amor se renovasse a cada dia.

Smith virou página a página. Mas por fim, quando chegou ao final do álbum, seus olhos se encheram de lágrimas.

Ele dizia consigo mesmo: *"Não, homem! Contenha seus sentimentos"*.

Fato é que Sr. Willson não anexou nenhuma foto na última página utilizada do álbum. Nela, ele apenas escreveu algumas singelas palavras de amor para sua amada esposa. Palavras que tocaram profundamente o coração já abalado de Smith. O recado dizia:

Querida Sarah,

Já se passaram dois meses desde que você partiu. Neste tempo, meu amor por você ainda em nada diminuiu. Sinto sua falta. Você me pediu que eu não desistisse de viver. Eu tenho sido muito obediente. Quando nos casamos, firmamos um compromisso de que todos os nossos aniversários de casamento seriam registrados neste álbum, até que o último de nós estivesse vivo. Pois bem, meu amor, agora sinto que em breve nosso álbum ficará completo!

Com muito amor, do seu querido John Willson.
Janeiro de 2009.

Quando o detetive terminava de ler esta linda declaração de amor, Carson adentrou o escritório.

– Não encontrei nada na sa... – Ao ver Smith chorando, Carson calou-se.

Smith elevou os olhos marejados ao parceiro. Mas, desta vez, ele não ficou envergonhado. Vagarosamente, entregou o álbum – já aberto na última página – para o policial.

Carson leu o texto. Foi possível perceber que ele também se comoveu profundamente. Mas apesar de seus olhos permanecerem claros como cristais, ele não chorou.

Foi neste momento que Smith percebeu que Carson conteve o choro. Afinal, eles eram uma dupla. Se um deles estivesse com os sentimentos sensíveis, o outro precisava estar atento e manter-se firme.

– Sr. Willson já sentia a morte – supôs Carson. Devolvendo-lhe o livro, acrescentou: – Isso explica o "vazio" no apartamento.

Smith assentiu com a cabeça. Ele pegou o álbum e o colocou novamente na segunda gaveta da mesa.

– Vou dar uma olhada no quarto – comunicou Carson.

– Ok! – concordou Smith, com a voz ainda presa.

Os dois oficiais continuaram procurando por pistas. Entre as gavetas da estante, Smith encontrou uma foto. Na imagem estavam dois jovens fardados. A foto era muito antiga. Ao que tudo indicava era Sr. Willson com alguém. A foto chamou a atenção do detetive. Aqueles uniformes eram provavelmente da Segunda Guerra Mundial. O jovem que estava ao lado de Sr. Willson era sorridente. Ele aparentava ser o tipo de cara que se torna líder no que quer que faça. Os dois pareciam estar felizes, apesar do fato de estarem prestes a irem para a guerra.

O avô de Smith também tinha uma foto como aquela. Na foto em questão, seu avô usava o mesmo uniforme. O detetive se lembrou das palavras do avô citando os "Bravos heróis anônimos" com os quais batalhara.

Ele matutava consigo:

"Será que esta foto revela algo sobre o mistério que envolve a morte de Sr. Willson? Pode haver alguma ligação entre esta foto e as pistas encontradas junto ao corpo?"

Enquanto refletia sobre essas coisas, seu relógio apitou. Era hora do almoço. Ele foi até a entrada do quarto.

– Carson, precisamos ir! – anunciou.

– Ok.

Os dois saíram do prédio e foram até o Mustang. De lá, seguiram rumo à delegacia. Meio sem graça, Smith sentiu que precisava esclarecer o motivo pelo qual estava tão abalado com aquele caso.

– Sabe, Carson, Sr. Willson me fez lembrar o meu avô. Ele morreu quando eu era um garoto. Sempre fui muito ligado a ele. Agora, vendo Sr. Willson, não pude evitar sentir saudades dele. Se meu avô estivesse vivo, ele teria praticamente a mesma idade que Sr. Willson.

– Eu sei como é isso – disse Carson, surpreendendo-lhe. – Certa vez, fui defender o caso de uma mulher que perdera seu esposo. Ele fora um grande empresário, que cometeu suicídio após falir. A mulher era acusada de sonegações milionárias. Ela me lembrava minha mãe. Não consegui concentrar-me totalmente no caso. Eu já tinha aprendido a lidar com a dor da perda de meus pais, mas ver aquela mulher me trouxe de volta à mente lembranças e emoções.

Chegando à delegacia, os dois marcaram de retornar em uma hora. Smith pegou seu Mustang GT e se foi.

CAPÍTULO 14

Enquanto dirigia para casa, Smith ligou na rádio NYFJ. Naquele momento, tocava a música *People get ready*, cantada por Eva Cassidy. Durante o trajeto, por algum motivo, Smith resolveu passar em frente à "Cafeteria do Mark", foi neste momento que lhe veio à memória sua própria história.

***

O avô de Smith chamava-se George. Ele nasceu em Stafford, Virginia. Em 1944, aos 24 anos, ele foi à guerra. Por causa desse fato, George teve sua vida abalada. No campo de batalha, precisou matar para sobreviver. Isso foi algo que ficou registrado para sempre em sua memória. Ao longo dos anos, George sempre evitava tocar na questão, mas quando o assunto vinha à tona, com muita comoção, falava dos "Bravos heróis anônimos" com quem teve o prazer de lutar. Você talvez queira saber se George foi ferido em combate? A resposta é não. Porém, existem algumas cicatrizes causadas pelo trauma que ferem mais que simplesmente a dor na carne.

Depois de voltar da guerra, George cursou Economia. Três meses depois de formado, ele sofreu uma forte crise de cálculo renal e precisou ser hospitalizado. Na ocasião, uma jovem enfermeira chamada Liza, cuidou dele. A paixão entre os dois foi arrebatadora. Já casados, mudaram-se para o Brooklyn, Nova Iorque. Pouco tempo depois de casados, Liza engravidou de gêmeos. A menina chamaram de Stephanie. E o menino de Philip.

George atuou pouco tempo como investidor. Motivado por uma vontade de proteger Nova Iorque, tornou-se policial. Depois de 3 anos, virou detetive. George estudou Biologia, Psicologia e Química. Sua sede por conhecimento se refletiu nas estantes de seu escritório, que com o passar dos anos, foram ficando abarrotadas de livros. Ele era um investigador genial. Crimes misteriosos para ele eram apenas uma questão de tempo para serem desvendados. Em uma época em que os setores de criminalística da polícia ainda não dispunham de tanta tecnologia, estava em suas mãos dar solução a casos complexos. Nada lhe passava despercebido. Pistas lhe eram como peças de um quebra-cabeças e em pouco tempo ele as juntava formando uma imagem perfeita do caso. George desenvolveu uma técnica que chamou de "White window".

Os anos passaram e George ganhou experiência profissional. Em casa, seus filhos cresceram. Philip tornou-se um engenheiro civil. Ele se casou com uma artista plástica chamada Loren. Philip comprou a casa que ficava de frente a do pai. Ele a reformou – bem... não foi bem uma reforma. Na verdade, ele a destruiu e a construiu de novo, deixando-a do jeito que ele e Loren queriam.

No dia 3 de setembro de 1971, nasceu o primeiro filho do casal, Arthur Smith. Dois anos depois, o garoto ganhou a presença de uma irmã. Seus pais a chamaram de Helen.

Como pai, George foi maravilhoso. Mas foi para Smith que ele se tornou uma espécie de super-herói. A primeira vez que George pegou seu neto no colo foi memorável. Aquele frágil bebezinho, com sua pequena mãozinha, segurou o dedo do avô. Aquele pequeno gesto foi suficiente para fazer seu velho coração derreter.

Muitas foram as noites que o velho ligava para a casa do filho procurando saber se seu neto estava bem. Isso quando ele não atravessava a rua, e batia na porta.

Às vezes, a cena chegava a ser cômica. George chegava do trabalho e parava em frente à porta do filho. Todo encabulado, o homem movia-se de um lado para o outro na varanda. Eita saudade do netinho. Não tem jeito, lá vai ele novamente meter o dedão na campainha.

"Dim-Dom", ressoou o aparelho.

– Já vai – gritou Philip.

Passos. Passos... Maçaneta girando. Porta aberta.

– Oi, pai. Tudo bem?

– Sim, sim! Está tudo bem. – George não sabia onde enfiar a cara. O velho não queria parecer do tipo coração mole. – Bem... acabei de chegar – dizia ele pigarreando. – Hoje o dia foi corrido. Por coincidência, passei em frente a uma lojinha – sua voz trêmula denunciava sua mentira. Coincidência nada. Ele saiu do trabalho e foi direto à loja. Vovô babão. Assuma logo que você passa o dia todo contando os minutos para poder ver o netinho. – Bem... aí vi na vitrine este bonezinho dos Yankees. Pensei que ele ia gostar.

Philip sorriu.

– Sei... – assentiu. – Entre! Ele está lá em cima descansando.

– Não vou incomodar? – perguntou o velho, todo acanhado.

– Claro que não, pai. Vamos!

Como George era um avô coruja. Ele nunca comentou com ninguém, mas durante o período da guerra, nunca acreditou que sobreviveria para ter um neto. Agora que a vida havia lhe dado esta chance ele a aproveitaria da melhor forma possível.

O menino crescia e o velho envelhecia. Porém, ao longo dos anos a união dos dois tornava-se cada vez mais forte.

Todas as quintas-feiras George e o netinho iam juntos a uma pequena e aconchegante cafeteria. A dupla era sempre atendida pela simpática Suzi. A garçonete, apesar de cinquentona, ainda mantinha o brilho jovial.

– Olá, George!

– Olá, Suzi! E o movimento?

A garçonete deu de ombros.

– Calmo como sempre. E seu dia? – rebateu ela.

– Hoje é quinta – respondeu o velho, com um sorrisão. – Toda quinta é um bom dia!

– É verdade – concordou ela.

– E você, Arthur, já fez seu pedido de Natal?

– Ainda não. Estou em dúvida. Mas acho que vou querer uma bicicleta.

– Eh... difícil escolha – disse ela, mirando o avô. – Então, hoje vai ser o de sempre?

O pequeno já sabia a resposta:

– Duas panquecas com calda de morango. Uma xícara de café. E um copão de leite. – Levantando o indicador, o menino ainda salientou: – E, por favor, Suzi, muita calda de morango!

– Ok. Ok. Pedido anotado. Já trago suas panquecas.

Lá se foi a esbelta Suzi trotando com um rebolado desengonçado.

– Vovô, por que a Suzi manca?

Que pergunta a do garoto. Após tantas idas à lanchonete parecia que ele enfim criara coragem para indagar ao avô.

– Humm – sonorizou o velho. George sabia a história. – Suzi nasceu com uma deformidade. Quando pequena, os pais dela não puderam arcar com os tratamentos. Então ela ficou com a perna machucada. – George subtraiu a parte das constantes dores e do sofrimento causado pela chacota das pessoas.

O menino pensou por alguns segundos, e então exclamou:

– Meu pai tem dinheiro! Ele pode ajudar Suzi!

Quem dera a vida fosse tão simples como era na visão de uma criança. George virou-se para ver a sorridente garçonete que preparava seu café atrás do balcão. Suzi não era de ficar se queixando da vida. Verdade seja dita, a humilde mulher nunca lhe pedira nada. O homem passou a mão no bigode.

– O que você acha de juntarmos o dinheiro dos nossos presentes de natal e darmos um belo presente à Suzi? – propôs.

– Eu topo – concordou o garoto.

Naquela semana o pequeno não conteve seu desejo de ajudar Suzi. Requisitando o auxílio de muitos, conseguiu juntar uma boa grana. George, emocionado em ver a dedicação do pequenino, decidiu ir atrás de médicos que pudessem ajudar. Dois especialistas – um cirurgião ortopedista e um cirurgião plástico – decidiram tratar gratuitamente a simpática garçonete.

Naquele Natal, Smith não ganhou uma bicicleta. Porém, a grata garçonete – que após várias cirurgias pôde ter uma considerável melhora em sua qualidade de vida – teve pelo o resto de sua vida uma eterna gratidão para com sua dupla de clientes preferida.

O mundo precisa que boas ações sejam realizadas por grandes homens. Que essas ações se espelhem em pequenas ações realizadas por "gente pequena".

***

Ainda quando criança, aos domingos pela manhã, Smith e sua família iam aos cultos na Igreja Batista. Ele nunca gostou muito de frequentar as reuniões dominicais. Porém, isso mudou no fim do verão de 1977, quando um novo pastor, chamado Robert, chegou à igreja. O homem – que perdera sua esposa no ano anterior – tinha um filho chamado Mark. Mark tinha cabelos pretos e era muito inteligente. Apesar da pouca idade, até que superou bem a perda da mãe.

Como Mark e Smith tinham a mesma idade, frequentavam a mesma turma na escola. Os meninos moravam na mesma quadra e iam juntos para o colégio. Em pouco tempo, tornaram-se amigos inseparáveis.

A partir da união dos garotos, George passou a ter dois netos. Os meninos eram muito apegados a ele. O quintal da casa do avô era o local ideal para "acampadentros" no final de semana. Ao redor de uma fogueira, com marshmallows presos em pedaços de gravetos, grandes histórias eram contadas. Smith e Mark, sempre ansiosos pelo desfecho, escutavam em silêncio.

Os meninos adoravam a profissão do velho. George montava alguns casos que eles deveriam desvendar. Se os meninos chegassem da escola, e encontrassem na porta da casa um bilhete dizendo: "Caso do dia", eles sabiam que deveriam analisar o imóvel a fim de encontrar coisas fora do padrão. O desafio inicial era saber em qual cômodo da casa o "caso" fora montado pelo avô. Para confirmar que aquele era o "caso", no local, George sempre deixava duas gomas de mascar. Por exemplo, se chegassem na cozinha e sobre a pia encontrassem uma flor, com apenas uma pétala grudada no miolo, e ali também estivessem dois doces, os garotos sabiam que aquilo deveria ser investigado. Os dois isolavam o local e procuravam as pistas deixadas por George. Mediante a análise do objeto e das pistas, precisavam criar o perfil do autor do "crime", além é claro, de explicar como e por que o fato aconteceu.

Alguns casos eram muito difíceis de serem solucionados. Então, depois de dias tentando resolvê-los, os garotos precisavam pedir ajuda ao avô para solucionar o enigma. Todas as vezes que desvendavam o crime, George lhes presenteava com excelentes histórias sobre seus "grandes casos".

Sempre com a presença do avô, os garotos assistiam a filmes de detetives como: Sherlock Holmes, Philip Marlowe e Jules Maigret. Este último, por sinal, intrigava os meninos pelo uso da intuição em vez de uma análise das evidências. Ele também os fascinava, pois sempre preferia desvendar o que motivara o crime, mais do que saber como o crime fora cometido. Mas é claro, como eram crianças, o seu personagem preferido era o atrapalhado inspetor Clouseau. O famoso policial francês da série *A Pantera Cor-de-Rosa*.

Com muita vontade de investigar fatos, Smith e Mark iniciaram um sistema de investigação no bairro. Se algo de estranho acontecesse, eles eram acionados.

Geralmente, Sra. Doroth lhes chamava quando o seu gato, Pepperoni, sumia. Os "detetives mirins", ao chegarem à casa de Sra. Doroth, procuravam resquícios de pegadas do gato com lupas gigantes cas, e investigavam testemunhas oculares. Eles eram rápidos. Sempre em menos de duas horas, acabavam por encontrar o animal. Mas no fundo, tinham dó do bichano. Eles desconfiavam que o gato costumava fugir para não ter que ficar recebendo afagos constantes da velha, e também para não ter que engolir as colheradas de comida que ela lhe empurrava goela abaixo.

Mas não era só atrás de gatos que eles iam. Certa vez, o velho Sr. Alfred, de 80 anos, lhes solicitou para que investigassem o sumiço de sua bengala. Que cena patética. Por fim, os meninos acabaram descobrindo que a bengala fora roubada pelo próprio Sr. Alfred. O ranzinza fez isso para incriminar seu vizinho, Sr. Julios, com quem a vida inteira teve rixas. Apesar da mentira, aquilo não era um caso de polícia, era mais de terapia.

Smith e Mark, ainda quando pequenos, fizeram um acordo de que quando crescessem se tornariam detetives. E mais que isso, seriam a melhor dupla de investigação criminal que o mundo já conheceu.

George sempre levou seu filho, Philip, para pescar no Rio Hudson. Quando Smith ficou grandinho, a dupla de pescaria tornou-se um trio. Depois, com a chegada de Mark, o grupo já precisava de dois barcos. Para fechar a equipe, em alguns finais de semana, Robert conseguia uma folguinha do trabalho e ia com eles.

Mas essa turma não ficava só com o silêncio das águas. Sempre que possível, trocavam a calmaria do rio pela agitação dos jogos do New York Giants. Como os garotos amavam o jogo!

E assim se seguiram os dias, os meses e os anos. Todos estes, um após o outro, se passaram...

***

Em um lindo dia de novembro, no ano de 1981, tendo Smith 10 anos, ele e Mark voltavam ansiosos da escola para resolver um caso que seu avô lhes propôs. Quando de longe avistaram uma movimentação estranha na casa de Smith. Os garotos correram o mais rápido que puderam. Já em frente à sua casa, Smith caminhou a passos lentos rumo à porta. Loren viu o filho. Chorando, ela o abraçou. Ao olhar para dentro, Smith pôde avistar um homem com roupas de policial colocar a mão sobre o ombro de seu pai. Ele sentiu um aperto no coração. Algo não estava bem.

Sua mãe, olhando-lhe nos olhos, disse as palavras que ele tanto temia ouvir:

– Arthur... o vovô faleceu.

Smith sentiu uma sensação que jamais experimentara. Seu avô o preparara para muitas coisas, mas não para este momento. Soltando-se dos braços da mãe, ele deu alguns passos para trás. Sem saber o que fazer, o garoto saiu correndo.

Loren até arriscou agarrá-lo, mas não teve coragem. Mark olhou para ela, e de alguma forma sinalizou que tomaria conta de Smith. Virando-se, ele correu atrás do amigo.

Smith correu, e correu, e correu... Seus olhos não paravam de lacrimejar. Já sem fôlego, parou em frente à cafeteria. Com o rosto vermelho, lentamente empurrou a porta do estabelecimento.

Suzi arriscou abraçá-lo. Mas não conseguiu sair do lugar. Ela estava aos frangalhos.

Cabisbaixo, o jovenzinho dirigiu-se até uma das mesas. Muito abalado, lentamente se sentou. Fungando baixinho, e com a cabeça baixa, Arthur derramou muitas lágrimas.

Ao entrar na cafeteria, Mark viu o amigo. Dirigindo-se ao balcão, comprou dois cafés. Ele se sentou à mesa, de frente para o amigo. Mark ficou ali, em silêncio, até o entardecer.

Smith não levantou os olhos um momento sequer. Nenhuma palavra foi dita.

Realmente alguns dias são nebulosos. Dias em que o brilho do sol não nos presenteia com sua presença. Uma sensação de vazio consome nossas entranhas. A perda de um ente querido é avassaladora. E é justamente nestes dias, quando queremos nos livrar da dor causada pela saudade, que nossa memória teima em nos trazer à mente lembranças dos momentos que passamos com aquela pessoa tão querida. Como gostaríamos de poder fazer algo para trazer esta pessoa de volta. Como gostaríamos que tudo isso fosse apenas um terrível pesadelo, do qual acordássemos dali a pouco.

Ao entardecer, os dois amigos voltaram para casa. Smith se arrumou e foi ao velório do avô. A avó estava firme, e apesar do choque, até que ela se mantinha calma. Sua filha, Stephanie, que era solteira e ainda morava com os pais, agora mais do que nunca dava-lhe forças.

A cerimônia foi digna de um oficial condecorado. A bandeira da pátria estava sobre o caixão. Muitos oficiais estavam presentes. Ao som de gaitas escocesas, o coral da igreja cantava a música *Amazing Grace* – preferida de George.

O pai de Mark, muito comovido, realizou a cerimônia. Buscando as palavras certas, ele tentava confortar a família e os amigos:

– Entre nós, já não está mais nosso querido George... Certa vez, conversávamos sobre a morte de minha esposa, quando ele sabiamente me disse: "A melhor forma de superar a dor da perda é honrar a lembrança das coisas boas que Martha lhe fez".

Robert, muito emocionado, curvou a cabeça. Após alguns segundos, prosseguiu:

– George sempre buscou viver uma vida digna... Que possamos sempre nos lembrar das coisas belas que ele nos ensinou.

Após estas singelas palavras do pregador, Smith posicionou-se ao lado do caixão. Sobre a cápsula de madeira que envolvia seu tão amado avô, o garoto depositou uma foto. Nela, Smith e George estavam abraçados na cafeteria. Aquela foto representava o amor e a amizade. Duas pessoas de gerações distintas, que viveram num mesmo tempo, um mesmo amor.

***

Os anos que se seguiram foram muito dolorosos para Smith. Sempre que chegava em casa depois da escola, e não encontrava o bilhete dizendo: "Caso do dia" ficava muito triste. A falta destas palavras tão simples, eram para ele uma lembrança constante da ausência de seu avô.

Por vezes, Smith passava em frente à cafeteria, mas sem coragem, nunca mais conseguiu entrar lá. Sentado do outro lado da rua, com um olhar vermelho pelas lágrimas, o ainda menino lembrava-se do amor sobrenatural que seu avô lhe demonstrara.

Para Smith, os dias passavam um após o outro com gosto amargo. Ainda que o sol brilhasse, seus dias eram nebulosos. Ao deitar-se na cama, uma forte dor lhe vinha ao peito. Aquela era a dor da saudade.

Smith fechou-se em seu pequeno mundo. Suas respostas tornaram-se curtas. Seu sorriso ficou cada vez mais escasso. Sua tristeza era algo que causava compaixão em quem estava ao seu redor. Smith tornou-se um adolescente quieto. Na escola, suas notas pioraram. Por vezes seus pais foram chamados por professores que estavam preocupados com o desempenho do garoto.

Mark nunca lhe pediu que reagisse, pelo contrário, ele sempre o sustentou com as próprias mãos. Mark lhe ajudava com os deveres de casa. Sempre que rapazes maldosos queriam irritar o amigo, ele tomava a frente e impedia a ação. Certa vez, um grandão de uma turma mais velha começou a caçoar de Arthur, Mark o repeliu. Naquela tarde, quando Mark saiu de casa para ir ao centro, esse mesmo rapaz, acompanhado de mais dois comparsas, o abordaram e lutaram com ele. Mark foi duramente ferido. Apesar das dores, ele não contou nada do que acontecera a ninguém. Inventou uma desculpa esfarrapada de que tomara um tombo de bicicleta. Apesar de Robert não ter engolido aquela história, Mark não revelou nada. Anos atrás, ele perdera a mãe. Sabia muito bem como o luto é algo difícil. O processo de assimilação e aceitação da morte de alguém próximo é lento e doloroso.

"Amigo não é aquele que está ao seu lado apenas no momento da alegria. Ele compartilha com você o sofrimento." Esse era o lema gravado no coração de Mark.

Mas, nem tudo ia de mal a pior. A família Smith não deixou que a dor do luto os destruísse. Loren nunca se descuidou de seu filho. Ela sempre estava atenta aos sinais mais preocupantes que poderiam indicar algo além do luto, como drogas, ou mesmo uma depressão profunda. Helen também cuidava com muito carinho do irmão. Toda aquela luta por superação foi muito útil para unir os dois.

Como pai, Philip não abandonou seu filho. Todos os dias, ao chegar em casa, ele o abraçava e lhe perguntava como fora seu dia. A ligação de Smith com o avô não tirou dele o amor pelo pai. A cada dois finais de semana, eles iam juntos ao Rio Hudson pescar.

Com muita ternura, união e amor, aquela família buscava unir forças para superar a perda do tão querido vovô George.

Mark nunca foi do tipo que se deixava abater. Afinal, como dizia seu pai: *"A cada barreira que a vida apresenta é preciso decidir entre apenas reclamar do desafio ou juntar todas as suas forças para escalar o paredão".*

Mas é claro, apesar de toda sua vontade em animar-se, o fato de ver Smith naquela situação muitas vezes o deixava triste.

Este foi o principal motivo que o levou a entrar para o grupo de matemática da escola. Não que ele fosse um apreciador das exatas, mas aquilo lhe era uma excelente distração.

Logo no primeiro dia, uma menina se aproximou dele. Loira, cabelos compridos e lisos, magérrima, olhos azuis e sardinhas no rosto. Essa era a primeira visão que se tinha dela.

– E aí? Qual é o seu nome? – perguntou a mocinha.

– Mark – apresentou-se, estendendo a mão.

– Megan. Mas pode me chamar de Meg. O que está fazendo? – inquiriu a curiosa, debruçando-se sobre a mesa.

– Não consigo resolver esta conta?

– Vejamos... – A garota analisou a equação. – Por que você não joga esse três aqui? – sugeriu.

Mark fitou a garota.

– Vamos ver? – Após alguns cálculos, comemorou: – Yes, agora deu certo!

A moça sorrindo, cutucava a têmpora com o dedo indicador.

Esse "quebra gelo" foi apenas o início da amizade dos dois. Mark e Meg tornaram-se bons colegas. Com o tempo, a moça tornou-se a melhor amiga de Helen. Esta por sua vez, os apelidou de casal M&M.

Mark e Smith começaram a entregar jornais. Aquele foi o primeiro emprego que tiveram. "Pedalar e lançar" esse era o lema da dupla.

– Ei, Smith! Aposto dez dólares que eu consigo acertar na chaminé – dizia Mark, apontando o jornal na direção de uma das casas.

– Quinze – rebateu o amigo. – Mas sem descer da bicicleta! – condicionou.

Mark deu uma voltinha, a fim de pegar embalo. Seus olhos miravam o alvo. Uma... duas... três pedaladas. Lá se foi o amontoado de informações girando pelos ares.

– Yes! – gritou Mark. Com as mãos erguidas, ele comemorava fazendo uma dancinha.

– Mark, corre! – gritou Smith, já dando pinote.

– O quê?

– Corre!

Assim que Mark se virou, deparou-se com um pastor alemão tentando abocanhar sua canela.

– Que droga! – bradou ele esforçando-se para fugir.

Aqueles dois nunca correram tão rápido. Depois de cinco quadras, enfim o cão desistiu da perseguição. Smith e Mark, totalmente exaustos, deitaram-se na grama. Os dois davam risadas da patetice.

– Você me deve quinze dólares.

– Ok. Depois desta, você merece.

Como tapetes estirados no gramado, admiravam o lindo céu azul. Mark cruzou os braços atrás da cabeça. Smith por sua vez, mantinha as mãos cruzadas sobre a barriga. Contornando os dedões, como pedais de uma bicicleta, Smith perguntou:

– Você acha que ele está lá?

Mark entendeu a pergunta: George.

– Meu pai disse que sim.

Houve um tempo de silêncio. Smith estava reflexivo.

– Eu quero que ele tenha orgulho de mim. Acho que seguir o legado dele na polícia é a melhor forma que tenho para honrá-lo.

Mark sabia que o amigo não estava jogando palavras ao vento. Então, conscientemente afirmou:

– Seremos uma grande dupla de detetives.

E foi assim, estirados no gramado, que os dois reafirmaram o compromisso de serem "uma das melhores duplas de detetives que este mundo já viu".

***

Verão de 1987. Durante o entardecer de um lindo dia de sol, Smith, Helen, Mark e Megan caminhavam pelo *South Street Searport*. Andando pelo Píer 17, os irmãos seguiam alguns passos à frente do casal M&M.

– Me compra um cachorro-quente? – pediu Helen ao irmão. Afinal, o negócio de jornal estava indo de vento em popa.

– Ok. Mas você paga seu refrigerante.

Em forma de prece, Helen cruzou as mãos rente ao rosto. Com olhos de cachorrinho carente, ela insistiu no pedido de pagamento integral. Ser irmã mais nova até que tem suas vantagens.

– Tá bom! Você venceu – disse Smith, sorrindo.

– Vocês querem alguma coisa? – perguntou Helen à dupla M&M.

– Não. Obrigada!

– Certo, já voltamos – disse Helen, abraçando o irmão.

No local estava um cantor de rua com seu violãozinho. Até que ele tocava uma boa trilha musical.

M&M admiravam o pôr do sol escorados nas barras de proteção, de frente para o *East River*. A visão da *Brooklyn Bridge* era magnífica.

Criando coragem, Mark virou-se para a amiga, e perguntou:

– Eu já lhe disse como você é importante para mim?

– Hoje? – gracejou ela.

– Engraçadinha! – falou ele, em tom de humor. – Mas falo sério. Desde a primeira vez que a conheci você me ajudou.

– Bem... não é isso que se espera de uma amiga? – rebateu ela, abrindo os braços e dando um sorriso.

– Sim. E é sobre isso que venho pensando nos últimos meses.

Ela o encarou.

– Em que você tem pensado?

– Se realmente quero ser apenas seu amigo.

Meg ficou de queixo caído. Totalmente pasma, a moça soltou:

– Opa! Por essa eu não esperava.

– Sei... Sei... Até parece que você não percebe que somos um pouquinho mais que amigos?

Meg sorriu.

– E o que você sugere?

Mark deu o tiro à queima-roupa.

– Quer ser minha namorada?

A moça ficou paralisada. Após alguns segundos, a dúvida materializou-se em palavras:

– Você está apaixonado por mim?

Mark ficou sem jeito.

– Bem... Creio que sim!

– Você fala sério? – insistiu ela na pergunta.

– Sim! Quantas vezes terei que repetir? – brincou ele, soletrando: – Eu–Es-tou–A-pai-xo-na-do-Por–Vo-cê–Se-nho-ri-ta!

Os batimentos de Meg aceleraram. Sua respiração ficou ofegante. A garota então lhe revelou:

– Eu sempre gostei de você. Mas sempre achei que você me visse apenas como uma amiga.

Ao som de *Don't Dream It's Over*, da banda Crowded House, cantada pelo músico de rua e seu violãozinho, os dois se aproximaram. Apesar de já terem se abraçado diversas vezes, aquilo foi totalmente estranho. Seus olhos miraram-se. Sem delongas, deram o primeiro beijo.

Ah... O amor...

Voltando, os irmãos se depararam com a cena. Apesar da surpresa, não interromperam os M&M, até o momento em que eles desgrudaram os lábios. Smith e Helen acharam que Mark e Meg até demoraram demais para assumir a paixão.

***

Aos 16 anos, Smith enfim conseguiu superar a perda do avô. Um dos motivos mais relevantes para essa recuperação foi que ele e Mark decidiram montar uma banda. Smith sabia tocar alguns acordes na guitarra, e Mark sabia um pouco de contrabaixo.

Eles selecionaram alguns candidatos. Recrutaram um tal de David – mais conhecido como "mão doida". Ele era um bom baterista, mas nunca ia muito bem em matemática. Helen acabou se apaixonando por ele, e antes mesmo de a banda começar, os dois já estavam namorando. Na Igreja Batista que frequentavam, havia um tal de Joseph. Ele não era muito expressivo, mas tocava teclado muito bem. Eles também recrutaram um cara chamado Clark. Clark virou o vocalista da banda. Com seus cabelos loiros, o rapazote era o delírio das fãs.

O pai de Joseph cedeu a garagem para que eles pudessem ensaiar. Os garotos juntaram uma grana e começaram a alugar uma van de um velho senhor que morava na mesma rua que Smith. Estando motorizados, a banda começou a fazer shows nos finais de semana.

Smith agora saía de seu pequeno mundo. Seu sorriso tornou-se algo frequente. Mark, que por anos não tivera seu amigo puxando uma conversa, agora se alegrava em ver Smith perguntando-lhe:

- E aí, o que vamos fazer hoje?

Os rapazes da banda eram como irmãos. Os ensaios sempre terminavam com idas a lanchonetes e pizzarias. Eles iam à escola com camisetas personalizadas da banda. Uma grande galera tornou-se fã das músicas deles. Helen e Megan comandavam o fã-clube.

Na primavera de 1988, em uma linda noite de lua cheia, Smith e a banda tocavam em um baile de 15 anos. Quando foram tocar a música "Meu coração e o seu coração", Clark acabou ficando sem voz. Sem pensar muito, Smith dirigiu-se ao microfone e começou a cantar. O refrão da música dizia: "Não se preocupe amor, eu estarei sempre ao seu lado/ Você roubou meu coração, e eu preciso dele para viver".

Enquanto cantava a música, uma moça parou em frente ao palco. Ela usava um vestido lilás. Sua pele era clara e seus cabelos eram lisos. A moça e Smith trocaram alguns singelos olhares. Após o show, ele a procurou para conversar. Mas, infelizmente, quando a avistou, percebeu que ela estava acompanhada de algumas amigas e de um rapaz que escorava-se com o braço sobre seus ombros. Smith, um tanto quanto triste, resolveu ir embora.

Apaixonado, Arthur tinha a imagem da linda moça frequentemente em sua mente. Como aquela garota mexera com seu coração. Aquela arrebatadora paixão era um sentimento que ele nunca experimentara. Com detalhes, ele conseguia lembrar-se da face daquela moça tão meiga. Todas as vezes em que a banda tocava a música "Meu coração e o seu coração" Smith era tomado por essa sua paixão adolescente.

***

No final do ano de 1989, Smith e Mark se alistam no exército. No ano seguinte, já estavam em treinamento. Em 1991, a Guerra do Golfo Pérsico eclodiu, e os dois foram enviados ao Kuwait. Todas estas experiências foram úteis para aumentar a amizade dos dois.

Após voltarem da guerra, Mark ficou muito comovido com uma imagem que viu em um documentário que passava na televisão. O programa mostrava a dura realidade da vida de milhares de crianças na África. Em uma das cenas, um pequeno menino estava sentado no chão de terra batida. Ao seu redor, havia apenas desilusão e tristeza. O frágil garoto mirradinho, ali sentado, olhou profundamente para a lente da filmadora. Com seu olhar calmo, ele clamou por ajuda. Sem palavras, o menino gritava. Sem reação, o pequenino pedia uma ação em seu favor. Aquele olhar impactou profundamente Mark. Seu coração imediatamente foi inundado por um anseio em ajudar aquele garoto. Esta cena fez Mark decidir que a partir daquele momento ele se tornaria médico e buscaria fazer todo o possível para mudar a realidade daquele país.

Ele conversou com seu pai e com Meg sobre a questão. Então, no final daquele mês, após refletir muito sobre o assunto, resolveu contar essa novidade para seu grande amigo.

– Vai se catar, Mark! – esbravejava Smith. – Você é um idiota mesmo!

– Cara não é assim. O mundo não gira só em torno de você.

– Cale a boca! – inferiu Arthur. – Não suporto mais ouvir sua voz!

Smith bufava de raiva. Muito nervoso, ele não aceitava a escolha do amigo. Afinal, eles fizeram planos de se tornarem detetives, assim como seu avô. Para Smith, seguir a carreira de detetive não era apenas uma opção. Mas sim uma forma de honrar o legado deixado por George.

Smith não admitiu a escolha de Mark. Em um ato radical, decidiu que a amizade deles não seria mais possível. Mark, muito triste, tentou por vezes reatar a amizade. Smith, irredutível em sua posição, não lhe deu a mínima chance. Mark, respeitando a decisão do amigo, afastou-se. A partir deste momento, cada um seguiu seu próprio caminho.

Mark resolveu mudar-se para a Inglaterra. Lá, estudaria medicina e depois cumpriria o propósito que assentou no coração de ajudar muitos que padeciam na África. Megan não pensou duas vezes e foi com ele. Um ano depois, eles se casaram. Helen e David foram ao casamento. Mark tinha esperanças que Smith aparecesse. Esperou em vão. O amigo não deu as caras.

***

Smith concluiu que para ser um excelente detetive precisaria forma-se em Direito. Desta forma, poderia entender melhor o sistema jurídico. Por ser estudioso, e jogar muito bem futebol americano, conseguiu uma bolsa de estudos. Em 1992, ingressou na Universidade de Columbia.

Em seu primeiro dia de aula, ele se atrasou. Correndo desesperadamente pelo pátio da universidade, acabou esbarrando em uma moça. O material dela caiu todo no chão.

- Oh, droga! - disse ele, já se abaixando para pegá-lo. - Desculpe. Estou meio perdido hoje.

Ao levantar-se com os cadernos da moça nas mãos, pôde ver que a garota já estava com um sorriso estampado no rosto.

Smith ficou completamente paralisado. Aquela era a moça que ele vira no show que fizera com sua banda em 1988.

- Oi! - disse ele estendendo a mão.

- Oi!

- Prazer, sou Arthur!

- Anne!

- Lembra-se de mim.

A moça sorriu e lhe lançou um olhar meigo.

- Claro que sim! Naquela noite pensei que você me procuraria para conversarmos.

- Mas eu procurei - afirmou. - Só que quando a vi, seu namorado estava agarrado em seu pescoço. Então, achei por bem não me apresentar.

- Oh, não! - disse ela, balançando a cabeça. - Você entendeu tudo errado. Aquele não era meu namorado, era Tommy, meu irmão.

- Que droga! - resmungou Smith, sorrindo. Mais que depressa, ele lançou a pergunta:

- E agora, você está namorando?

- Não, seu bobo! - disse ela, com brilho nos olhos. - Fiquei esperando por você desde aquele dia.

Smith não conseguia acreditar. Aquela moça, que nos últimos 4 anos fora o pensamento mais frequente em sua mente, também estava apaixonada por ele.

Esquecendo-se da aula daquele dia os dois saíram para conversar. Anne lhe contou que já estava em seu terceiro ano de medicina e pretendia formar-se em pediatria. Ele, por sua vez, desejava tornar-se um grande detetive.

Uma semana depois desta conversa, Smith foi até a casa de Anne e pediu aos pais dela permissão para namorá-la. Com a bênção dos pais, eles começaram a construir uma linda história de amor.

***

Anne, sua irmã Karen, Rachel, cunhada das duas, e Helen, tornaram-se amigas inseparáveis. Além de irem às compras juntas e conversarem muito, todas as sextas-feiras se reuniam para assistir filmes de romance. Deram a esta programação o nome de "*Hollywood Love*".

As amigas também jogavam um jogo chamado "*get survive*". O jogo surgiu por acaso. Nele, a primeira jogadora dizia um nome. A próxima, uma idade. E sucessivamente, uma após a outra, acrescentavam características à personagem. Gradativamente a vida de uma mulher fictícia era construída. Elas inventavam uma família para moça e diziam se a personagem estudou na faculdade. Escolhiam um curso. Criavam um namorado, inventavam se ela era casada ou tinha filhos. O jogo só terminava com a morte da personagem. Porém, aquela que "matasse" a mulher, perdia o jogo, e deveria pagar o jantar da próxima noite do "*Hollywood Love*". Por esse motivo, geralmente a moça da história acabava vivendo muitos e muitos anos. Algumas personagens criadas ficaram muito bizarras, já outras, as fizeram chorar. As melhores histórias eram resumidamente escritas em um livro.

– Você começa – disse Helen para Karen.

– O nome será Julia. Ela tem 28 anos e trabalha com Marketing.

Com os olhos fechados, Anne passava o dedo por sobre um mapa.

– Ela mora em... – Abrindo os olhos declarou: – Mantova, Itália.

– Na parte de cima da "botinha" – brincou Karen.

– Opa! Agora vai ser interessante – comentou Helen. – Certo... Julia foi para a Itália porque se casou com um italiano chamado Giovanni. Sua vez, Rachel.

– Julia e Giovanni. Que casal! Vejamos... Giovanni é um cozinheiro e tem um restaurante em Mantova. Mas como é um empreendedor, decidiu abrir um novo restaurante na Califórnia, e procurou a empresa da Julia para fazer propaganda do estabelecimento.

– Isso é o que eu chamo de forçar – gracejou Karen.

– Ah... mas pelo menos ela vai comer bem – argumentou Rachel.

A gargalhada foi geral.

Quando Anne estava em seu último ano de curso, Helen anunciou seu casamento. As quatro então criaram a "liga das madrinhas". O objetivo da liga era preparar uma surpresa para o casal, a ser realizada no momento da cerimônia. A surpresa deveria ter ligação com a noiva, e deveria ser algo marcante.

Em pleno outono, lá estavam Helen e David fazendo juras sagradas de amor.

Antes que Robert tomasse a palavra, no telão fora projetado um clip feito pela "liga das madrinhas". A galera toda participou das filmagens, onde a história dos noivos foi recontada. Cinco minutos de puro riso e alegria. Porém, ao final do vídeo, todos do grupo – cada um à sua maneira – declarou o quanto aquele casal era importante. Nessa hora foi impossível conter o choro.

Após esta tão especial homenagem, Robert fez seu sermão concluindo-o com a tão famosa pergunta:

– David, você aceita Helen como sua legítima esposa, para amá-la e respeitá-la, na alegria e na tristeza, na saúde e na doença, na riqueza e na pobreza, por todos os dias de sua vida?

– Sim!

– Helen, você aceita David como seu legítimo esposo, para amá-lo e respeitá-lo, na alegria e na tristeza, na saúde e na doença, na riqueza e na pobreza, por todos os dias de sua vida?

– Eu aceito.

– Sendo assim, eu vos declaro marido e mulher. Pode beijar a noiva.

Robert, inclinando-se para o casal, cochichou:

– Divirtam-se!

Em virtude da união das moças, Smith, Tommy e David acabaram se unindo. Os rapazes se deram muito bem. Enquanto as garotas se juntavam para as rodadas de filmes românticos, eles se debruçavam sobre o videogame. Aqueles três jogando mais pareciam crianças. Porém, não era só de game que eles viviam. Sempre que possível eles e as garotas iam aos finais de semana à casa de David para churrascos. Uma vez por mês, os rapazes iam pescar com Philip. Os três amigos eram torcedores do New York Giants. Sempre que possível, a turma toda ia aos jogos.

David tornara-se baterista profissional. Ele cursou percussão na Juilliard. Depois de formado, abriu uma escola de música. David também se juntou com alguns ex-colegas de faculdade e montou uma banda chamada *"Jumper radical"*.

O grupo todo, por vezes, ia junto aos shows da banda. Smith chegou a fazer participações especiais em algumas apresentações.

Os casais também gostavam de ir ao boliche. Essa atividade por sinal foi o motivo do namoro de Karen. Ela sempre sobrava nas duplas, então, um dia Anne chamou um jovem médico, chamado Richard, para ir com eles jogar e fazer par com Karen. Depois de dois meses jogando juntos, os dois se apaixonaram.

***

Em 1996, com seus 24 anos, Smith formou-se na faculdade. No final deste mesmo ano entrou para a NYPD, tornando-se parceiro de Bob Alister. Bob e sua esposa, Kercy, enturmaram-se no grupo.

Smith e Bob tinham temperamentos diferentes. Bob era do tipo aventureiro. Sempre ficava esperando que tivessem que fazer uma perseguição alucinante como nos filmes. Na infância, Bob comeu o pão que o diabo amassou. Seu pai era alcoólatra. O mecânico, de braços avantajados, não se cansava de usá-los para bater na esposa e nos filhos. Se uma pessoa pode dizer que viveu um inferno em casa, esta pessoa é Bob.

Sabiamente ele não se tornou um alcoólatra. Mas, em compensação, passou a perder dinheiro em suas más sucedidas apostas em corridas de cavalos. Juntando isso à sua péssima sorte no jogo, você terá o resultado: boas dívidas.

Apesar desse seu vício degradante, casou-se com a formidável Kercy. Ela sabia dos defeitos dele, mas também sabia das qualidades do marido. Apesar das constantes discussões, à sua maneira, eles se amavam.

Na viatura, as conversas entre Smith e Bob sempre giravam em torno de carros, trabalho e futebol americano. Smith tinha consciência de que ele e Bob eram muito diferentes, mas sempre cultivava a esperança de que eles poderiam se tornar bons parceiros.

***

Em abril de 1997, Smith tocava com a "*Jumper radical*" em um pub. O grupo todo de amigos estava no show. Após tocarem *Beyond Belief*, do Petra, a plateia do pequeno clube estava eufórica. Depois de muitos aplausos, o vocalista afastou-se do microfone. Surpreendendo a todos, Smith assumiu o vocal.

Ao ouvir os primeiros acordes, Anne logo percebeu se tratar da música "*Meu coração e o seu coração*":

Eu me lembro,

Como poderia me esquecer do dia em que a conheci?

Meu coração quase parou,

Mas em vez de morte, você me trouxe vida.

Você é linda. Você é minha esperança.

Se um dia eu vier a conhecer o amor, tem que ser com você!

E se um dia eu me esquecer dessa promessa,

Não se preocupe, amor, eu estarei sempre ao seu lado. Você roubou meu coração, e eu preciso dele para viver.

Eu creio, eu posso sentir, meu coração me diz que o amor é lindo.

Não sei o que vai acontecer.

Este é um sentimento novo para mim.

Mas de uma coisa eu tenho certeza: a partir deste dia não vou abandoná-la!

E se por acaso você ficar com medo de que eu vá embora.

Não se preocupe, amor, eu estarei sempre ao seu lado. Você roubou meu coração, e eu preciso dele para viver.

Enquanto os instrumentos tocavam a canção de forma suave, Smith retirou a guitarra e desceu do palco. Ele se dirigiu à Anne. Muito emocionada, ela não entendia o que estava acontecendo. Os refletores do local faziam com que as luzes resplandecessem, tornando a caminhada de Smith luminosa. Arthur retirou do bolso uma caixinha e a abriu. Dentro, estavam duas alianças de ouro.

– Você aceita viver o resto de sua vida junto comigo?

Anne, olhando em seus olhos, disse a tão esperada resposta:

– Sim!

Ah... o amor...

"O amor é paciente, o amor é bondoso. Não inveja, não se vangloria, não se orgulha. Não maltrata, não procura seus interesses, não se ira facilmente, não guarda rancor. O amor não se alegra com a injustiça, mas se alegra com a verdade. Tudo sofre, tudo crê, tudo espera, tudo suporta." (I Coríntios 13.4-7). Durante o longo beijo que deram, o casal foi tremendamente ovacionado por todos do aconchegante local.

Um ano depois desse romântico pedido de casamento, Arthur e Anne se casaram. Para este momento, escolheram o mesmo local onde se viram pela primeira vez. O casamento ao ar livre foi muito emocionante. Smith fez questão que Robert fosse o pastor da cerimônia. Robert o tinha como um filho. Ele sofreu muito com o rompimento da amizade dos rapazes, mas, sendo muito paciente, esperava o dia em que os dois novamente reatariam a amizade.

O ano de 1999 foi incrível. Helen teve gêmeos. Enquanto que Anne e Kercy ficaram grávidas. Como mães de primeira viagem, elas precisavam do maior apoio possível. Juntas, encontraram uma forma de curtir a gravidez e dividir os desafios que viriam pela frente. Todas tiveram direito a um lindo chá de bebê, preparado com carinho pelas amigas e com a presença dos familiares. Estas lembranças foram eternizadas em lindos álbuns, que de vez em quando são retirados do baú e folheados nos encontros do *"Hollywood Love"*. Elas também adoravam compartilhar artigos de revista com receitas de papinhas e dicas de decoração para o quarto dos bebês. Em fevereiro de 2000, Brian nasceu.

***

Em 2002, depois de cinco anos como parceiros, a união de Smith e Bob foi desfeita. Bob aceitara propina de um traficante de drogas. Smith não o denunciou, mas alguém o fez. Como pouco tempo depois Smith tornou-se detetive, Bob convenceu-se de que seu parceiro o delatara. Por causa disso, o cabeça-dura decidiu romper todos os laços que os ligavam. Inclusive com os demais amigos do grupo. Kercy sofreu muito. Ela era muito amiga das garotas. Os rapazes do grupo tentaram convencer Bob a mudar de opinião, mas não tiveram sucesso.

Ainda neste ano, Anne engravidou de Andrew. Em 2003, o mais novo integrante da família Smith estava no colo do papai. O caçulinha tornou-se o xodó de todos. Bem, é claro, filho é um pacote. O pequeno acordava de madrugada. Lá vai Anne. Lá vai Smith. Embala para cá. Embala para lá. Troca fralda. Dá papinha. Mas toda essa dedicação era recompensada quando os papais viam o pequeno serenamente dormindo. Quando ele sorria, e claro, quando deu os seus primeiros passinhos. Momentos inesquecíveis...

E a vida segue...

Como detetive, Smith tornou-se parceiro do velho Pitter Carrey. Carrey era um bom homem. Em dois anos ele se aposentaria. Smith aproveitou muito bem cada momento que teve na companhia do seu sábio parceiro. Em 2004, Carrey se aposentou. Ele foi tremendamente homenageado por toda a corporação.

Após alguns dias, Smith recebeu seu novo parceiro. Já com seus 32 anos, ele teria o desafio de atuar com o jovem e promissor Michael.

Ainda no ano de 2004, em um belo dia de sol, Anne estava com os filhos em frente a casa. Brian brincava com uma bicicleta na calçada. O telefone da casa tocou. Anne ordenou a Brian que não saísse do lugar. Com o filho menor no colo, ela foi rapidamente buscar o aparelho sem fio. Neste ínterim, Brian viu um pequeno cãozinho da raça Cocker

Spaniel andando pela rua. O menino não pensou duas vezes. Largou a bicicleta e foi na direção do animal.

Voltando com o aparelho nas mãos, Anne ouviu o barulho de uma freada brusca. Toda mãe sabe quando algo de ruim acontece com seu filho. Deixando o telefone cair, ela correu porta afora. O garoto estava deitado na rua. O motorista, com o telefone no ouvido, já ligava para o socorro.

– Ele simplesmente entrou na frente do carro – argumentava ele, assustado. – Não sei como isso aconteceu.

Beth – a vizinha da frente – saiu em desespero de sua casa. Anne pediu que ela segurasse Andrew.

– Brian, não se mexa – dizia ela, imobilizando o filho. – Onde está doendo?

– Meu braço – dizia o pequeno.

– Ok. Não se mexa, querido – insistia ela.

Anne logo percebeu que Brian estava bem. Mas o braço esquerdo do garoto apresentava uma fratura fechada, que inchava rápido. O pequeno também tinha um significativo ralado no joelho.

– Você tem algo rígido aí no carro? – inquiriu Anne ao motorista. – Pode ser uma madeira ou um papelão!

– Deixe-me ver. – No porta-malas ele encontrou uma caixa. – Aqui está.

Anne pediu que Beth pegasse uma maleta de primeiros socorros, que estava no armário da cozinha. Quando a mulher voltou com o kit, Anne dobrou o papelão, utilizando-o como uma espécie de tala. Depois, ela firmou o braço do filho com uma faixa.

– Mamãe, está doendo – gritava o garoto.

– Eu sei, querido, mas é preciso. – Despejando o soro fisiológico na gaze, ela avisou:

– Querido, isso vai arder um pouquinho, mas não se mexa, meu amor.

– Tá bom – respondeu ele, com voz arrastada. Saber que vai arder é uma coisa, mas sentir o ardume é outra coisa. Brian gemia enquanto ela limpava o ferimento do joelho. Para sua sorte, em poucos minutos, uma ambulância já estava no local. Anne foi junto com o filho ao pronto-socorro. Beth ficou com Andrew. Muito preocupada, Anne ligou para Smith.

Ao chegar ao hospital, ele a abraçou. Assustada, ela apenas repetia:

– Como pude ser tão descuidada. Onde eu estava com a cabeça?

– Não foi culpa sua, querida. Essas coisas acontecem. Ele vai ficar bem.

Após algumas horas, o médico informou que a cirurgia no braço do garoto fora bem-sucedida.

No quarto, já repousando, o menino ingenuamente utilizou-se desta ocasião para pedir algo que há algum tempo vinha desejando:

– Pai, podemos ficar com o cachorrinho?

– Não sei, filhão. Teremos que perguntar aos donos.

Pouco tempo depois deste pedido, uma enfermeira bateu na porta.

– Sr. Smith! Há um casal na recepção que deseja falar com você.

No *hall* de entrada do hospital, estavam o senhor e a senhora Baxter. O casal de idosos eram os donos do pequeno filhote.

– Como está o garoto? – perguntou Sra. Baxter, muito preocupada.

– Ele fraturou o braço. Precisou fazer uma cirurgia, mas vai ficar bem.

– Oh, meu Deus! – dizia a mulher, levando a mão à boca. – Marvin descuidou-se por alguns segundos, e aquele danadinho do Hope escapou. Nossa filha Greice nos deu de presente. Segundo ela, o cãozinho nos seria uma boa companhia. Mas teremos que doar aquele rapazinho, não temos mais energias para correr atrás dele.

Smith sorriu.

– Bem... Acho que já tenho a solução.

Após uma breve conversa, Smith se despediu do simpático casal. Retornando ao quarto, anunciou:

– Certo, vamos ficar com Hope.

Quis o destino que este incidente acontecesse justamente no período em que Mark e Megan estavam de férias em Nova Iorque. Helen imediatamente ligou para a amiga e contou-lhe o que havia acontecido.

Mark foi ao hospital para consolar o amigo. Entretanto, quando Smith o viu, mandou-o embora. Smith não conseguiu nem mesmo gritar naquele momento. Mark não sentiu raiva. Pelo contrário. Ele esperou sentado em um banco na frente do hospital, durante todo o tempo em que Brian ficou na sala de cirurgia.

Depois deste fato, Mark decidiu adiar por alguns dias sua volta à África. Durante aquela semana, conversou com algumas pessoas que conhecia, e abriu uma cafeteria no West Village. A "Cafeteria do Mark".

Para cuidar da cafeteria, Mark convidou os jovens da igreja em que seu pai era pastor. Eles prontamente aceitaram o desafio, e Mark os contratou. Na cafeteria, Mark sempre postava notícias e novidades de seu trabalho no distante continente. Todo o lucro do estabelecimento era revertido para a organização que ele mantinha na África, além disso, os clientes podiam acompanhar o progresso de seu trabalho.

Assim que saiu do hospital, Brian pediu ao pai que passasse em um pet shop, pois gostaria de dar um presente ao seu mais novo companheiro. Ao chegar na loja, o garoto viu vários brinquedos. Porém, a procura pelo presente ideal terminou quando ele avistou uma bolinha roxa. Brian logo sentiu que aquele seria o presente perfeito.

Ao chegar em casa, o garoto, muito ansioso, foi até o quintal. Seu pequeno coração estava prestes a ter um ataque de tanta alegria. Ao vê-lo, o filhote de orelhas compridas correu em sua direção. Brian entregou-lhe o presente. O cãozinho mais que depressa pegou o objeto, e começou a mordê-lo. Como sua boquinha ainda era muito pequena, não conseguia abocanhar a bolinha. Sendo assim, o esperto filhote deitou-se no chão, e usou as patas para criar duas barreiras que impediam que o presente escapasse, e assim mastigar a bolinha.

– Olha, papai, ele gostou!

– É... pelo jeito agora ele tem uma coisa melhor para morder do que os meus sapatos!

Anne, que segurava Andrew no colo, acariciou a cabeça do filho mais velho.

– Agora precisamos subir. Você precisa descansar.

Vendo a felicidade de Brian, Smith e Anne entreolharam-se. Enfim, o susto fora benéfico.

CAPÍTULO 15

Após lembrar-se de tudo isso, Smith já havia chegado em casa.

– Oi – disse ele, dando um beijo na bochecha da esposa.

Anne, conhecendo-o, logo percebeu.

– Tudo bem? Você parece apreensivo.

– Só estou um pouco cansado.

– Papai! Olha, montei – dizia o pequeno Andrew, mostrando-lhe um avião de montar. Eles viram o brinquedo em um comercial e encomendaram uma réplica.

– Como você conseguiu?

– Mamãe me ajudou.

– Nossa! Parabéns. Acho que esse ficou melhor que o da TV.

Smith aproximou-se por detrás do sofá e botou os olhos no PSP que Brian jogava.

– E o jogo? – perguntou ele, sobre o game *Need for Speed Most Wanted*, que comprara para o garoto.

– É massa. Mas ainda não peguei o jeito.

Brian nunca foi muito fã de jogos de carro. Na verdade, só começou a jogar para não fazer desfeita ao presente que o pai lhe deu. Entretanto, acabou pegando gosto pelo game.

Smith fez um cafuné na cabeça do filho.

– Vamos almoçar, pessoal! – convocou, batendo as mãos.

Saindo de casa, todos foram até o carro de Anne, um Hyundai Santa Fé, cor prata.

Enquanto ela arrumava o pequeno na cadeirinha, a mãe alertou ao filho mais velho sobre o PSP:

– Não vá esquecer isso no restaurante!

– Simm, mãeee – resmungou o garoto, com fala arrastada.

Andrew estava feliz.

– Nós vamos no Shake Shack? – perguntou o pequeno.

– Hoje não, filhão. Mas você quer ir lá no final de semana?

Andrew balançou a cabeça afirmando.

Empolgado, ele mexia o corpinho de um lado para outro acompanhando o ritmo da música.

– Andrew, fique parado. Assim a mamãe não consegue prender o cinto de segurança.

Smith virou-se para trás e fez cócegas na barriga do menino.

– Você está gostando da música, hein?

O garoto com um sorrisão no rosto fez que sim.

Assim que Anne sentou-se no banco, Smith deu a partida.

– E seu caso? – perguntou ela.

– Intrigante – respondeu Smith, fazendo uma cara de suspense.

– Humm. Já entendi. Depois você me conta. Ah, já falei com Helen. Ela vai comigo comprar as flores.

– Ok. Também falei com David. O equipamento de som já está pronto. E sua irmã, está mais calma?

– Sim. Falei com ela agora a pouco. Ela vai dar uma passadinha na igreja para decidir os últimos detalhes da ornamentação com o decorador. Você sabe como ela é. Sempre indecisa.

No final daquele mês, Karen se casaria com Richard. Todos do grupo seriam padrinhos de casamento. Já a conversa sobre as flores, se deve ao fato de que a "liga das madrinhas" realizaria uma surpresa para a noiva durante a cerimônia.

– Hoje conheci um policial incrível – anunciou Smith, empolgado. – O nome dele é Carson. A história de vida dele me arrepiou. Olha, se um dia ele vier a ser detetive, não tenho dúvidas: é com ele que eu gostaria de trabalhar.

– Nossa! Ele deve ser fantástico mesmo – disse ela, surpresa. – Pensei que depois que Michael foi embora você nunca mais fosse elogiar alguém assim.

Smith deu um sorriso, e abriu os braços.

– Pois é! Como meu avô sempre me dizia...

A família toda declamou em uníssono:

– "Quando menos se espera, se encontra uma nota de cem dólares!"

O restaurante italiano Formaggi & Massas ficava no próprio Bay Ridge.

– Bom dia, Sr. Smith – cumprimentou o simpático dono do local.

– Bom dia, Sr. Giuseppe.

– E você, Andrew, pronto para mais uma rodada de *macarrone*?

– Hoje vou querer lasanha, tio Giuseppe.

– Humm... Boa pedida! – Indicando com o braço, apontou. – Por aqui, Sr. Smith. Sua mesa já está pronta.

A mesa estava localizada na lateral do estabelecimento. Ao lado direito de Smith havia uma janela que dava visão para a rua. Ao sentarem-se, o detetive logo contou à esposa:

– Hoje encontrei Bob.

– Ah, é. E como foi?

Smith balançou a cabeça.

– Digamos que um tanto inconveniente. Não sei como ele pôde mudar tanto. Mas enfim, vamos falar de coisas boas. Como foi a manhã de vocês?

– Foi boa – afirmou Anne. – Andrew, você não ia contar ao seu pai sobre o Hope?

– Papai, Hope escondeu a bola roxa em algum lugar que nem ele mesmo sabe onde está.

– Você procurou debaixo do sofá?

– Sim! Mas não está lá. Acho que ele a perdeu.

– Creio que não. Se tem uma coisa que ele não perde é aquela bola. Vamos procurá-la quando eu chegar em casa, ok?

– Combinado! – afirmou o garoto, com o dedão de positivo.

Neste almoço do dia 17, o prato principal do casal foi salmão grelhado. Já as crianças comeram lasanha. Anne sempre gostou muito de doces, mas cuidava para comer essas delícias em pequenas porções. De sobremesa, ela e o pequeno se serviram de uma saborosa bola de sorvete de baunilha, com cobertura de calda de morango e M&M's.

CAPÍTULO 16

– Olá, Carson, o que você manda? – O policial disse algo que intrigou Smith. – Oh, droga! – disse ele preocupado. – Certo, faça o seguinte: mande uma patrulha para minha casa. Eu chegarei aí o mais rápido que puder.

"Mais uma pessoa morrerá."

– Querida, precisamos ir! – disse Smith, já se levantando.

– O que está havendo? – perguntou ela, apreensiva.

– Vamos até o carro que eu explico.

Anne pegou o pequeno pela mão.

– Não, mamãe! Ainda tem um pouquinho – choramingava o garoto, ainda deliciando-se com um restinho de sorvete.

– Vamos, meu amor! Depois eu compro outro.

Andrew cruzou os braços, franziu o cenho e fez biquinho.

Brian, sem entender o alvoroço, inquiriu ao pai:

– Aconteceu alguma coisa, pai?

– Ainda não sei, filho. Mas precisamos ir.

– Querido, o restaurante – chamou a atenção Anne.

– Ah, sim. – Smith depositou o valor da comanda e da gorjeta sobre a mesa.

– Já vão? – perguntou Sr. Giuseppe, sem entender o que estava acontecendo.

– Desculpe, precisamos ir. Surgiu um imprevisto. Amanhã eu lhe explico tudo.

"Mais uma pessoa morrerá."

O coração de Smith ficou muito acelerado. Ele não conseguia pensar ordenadamente. Porém, era preciso manter a calma. Respirando fundo, passou a explicar o que estava acontecendo à esposa, e isto da forma mais tranquila que pôde.

– Querida, Carson me disse que chegou um envelope em minha mesa. O envelope contém uma frase muito suspeita. Ainda não sei o que isso significa, mas por precaução, você e os meninos precisam ficar em segurança.

Smith estava preocupado. Ele não conseguia entender se aquele envelope era apenas uma pista ou uma ameaça. O caso já o deixara muito abalado, e agora, com este novo fato, ele sabia que precisava se concentrar.

Anne não o importunou. Ela sabia que se o marido estava daquele jeito, é por que algo de sério estava acontecendo. Afinal, aquele não era o modo natural de o esposo agir.

Brian, muito prestativo, sentiu que o clima estava pesado.

– Quer jogar? – sugeriu ele ao irmão menor.

O pequeno deu um sorrisão e fez que sim com a cabeça.

Anne, surpresa com a atitude do filho mais velho, discretamente virou-se para traz e lhe agradeceu:

– Obrigada – disse ela, sem pronunciar som algum.

Chegando na frente de casa, Smith afirmou:

– Ali estão!

Os policiais Greg e Mendez eram velhos conhecidos do detetive. Homens de confiança. Descendo do carro, Smith os cumprimentou:

– Olá, tudo bem?

– Sim, detetive. E o senhor?

– Estou bem. Mas preciso que vocês fiquem de olho. Qualquer coisa estranha, já sabem o que fazer.

– Sim. Pode deixar.

Anne segurava o menor pela mão. Smith aproximou seu rosto ao da esposa e sussurrou-lhe nos ouvidos:

– Não vou deixar que nada de mal aconteça a vocês. Eu amo você.

Anne estava preocupada. Discretamente, ela disse ao marido:

– Eu amo você. Cuide-se!

Smith se abaixou, e deu um forte abraço em Andrew.

– O papai precisa voltar ao trabalho. À noite brincaremos com seu avião, ok?

O menino, com os olhos vidrados no game, aquiesceu. Smith deu-lhe um beijinho na cabeça.

– Cuide do seu irmão e da sua mãe! – falou Smith, cumprimentando o maior com um "soquinho" de mãos.

– Pode deixar, pai – confirmou o garoto, com uma piscadinha de olho e um sorriso de canto.

Smith deu um último beijo nos lábios da esposa.

– Tchau. Qualquer coisa, ligue!

Ela assentiu.

– Por favor, cuide-se! – pediu ela.

Smith foi para o Mustang. Enquanto manobrava o automóvel, olhou pelo retrovisor. Através do espelho, pôde ver sua família abanando as mãos.

"Mais uma pessoa morrerá."

Smith não conseguia entender. *"O caso se tornou pessoal? Por que alguém teria entregado aquele envelope na minha mesa?"* As possibilidades eram ilimitadas. Quantos psicopatas e *serial killers* ele já havia capturado. Será que algum deles, tendo raiva do detetive, buscava vingar-se?

"Vamos, homem! Concentre-se! Quais foram os casos em que os criminosos fizeram ameaças de morte?"

O primeiro da lista com certeza era Jack Mayer, "O assassino do casaco azul". Mayer recebeu esta designação por sempre utilizar um casaco azul durante os sequestros. Segundo o próprio, o casaco era sua capa. Jack matara três crianças do Harlem. Uma de cada vez, ele as sequestrou e as esquartejou. O homem era totalmente maligno. Seu olhar distante durante o julgamento demonstrava sua frieza. Seu sorriso cínico deixava transparecer sua falta de arrependimento. Smith o pegou quando ele estava prestes a fazer a quarta vítima. No momento em que o detetive o algemava, Jack lhe disse:

– Seu filho será minha próxima vítima. – Essa não é uma ameaça que se esquece com facilidade.

O segundo da lista poderia ser Juan Legossa. O mexicano era um dos grandes traficantes de drogas de Nova Iorque. Quando Smith o prendeu, por assassinar um traficante rival, o homem lhe jurou de morte.

O terceiro, inquestionavelmente era Doug Clooney. O magnata de *Wall Street* assassinara a própria esposa. Graças a uma excelente equipe de advogados – que por sinal foram muito bem remunerados – o homem se safou das acusações. As provas coletadas não foram suficientes para colocá-lo atrás das grades. Certo dia, enquanto Smith ainda investigava o caso, encontrou uma faca cravada no pneu de seu carro. Nunca foi possível identificar o autor do ato, mas Smith sempre soube quem o fizera.

Além destes, muitos outros poderiam querer feri-lo.

CAPÍTULO 17

Mas quem? Quando Smith parou de pensar nestas coisas, já chegara às portas da delegacia. Saltando do carro, subiu correndo as escadas. Ao avistar o policial Carson, pôde perceber que o semblante deste não era dos melhores. Isso não era um bom sinal.

– Quem fez a entrega? – perguntou Smith.

– Ninguém sabe. As câmeras já estão sendo verificadas.

– O material já foi analisado pela perícia?

– Sim. Mas não foram encontradas digitais nem vestígios.

– Vejamos... O que temos aqui?

Abrindo o saquinho da perícia que protegia o envelope, Smith tomou o invólucro nas mãos. Na parte exterior do mesmo, estava escrita a frase: "Mais uma pessoa morrerá". De dentro do envelope, ele retirou uma matéria de jornal:

Plax: salvação ou morte?

A "Plax" é uma planta de clima tropical que tem sido há anos estudada pelo Dr. Eliot. A princípio, ela poderia ser uma "arma na luta contra JY-1 MIND", uma doença muito rara. Porém, o que Dr. Eliot acabou descobrindo é que essa planta possui uma ligação anormal em sua composição química. Mediante seus últimos experimentos, ele apresentou dados que comprovam que a planta – que até o dado momento mostrava-se totalmente inofensiva – quando manipulada em laboratório, pode vir a causar no paciente que a ingerir uma parada cardíaca. Isso ocorre sem que haja qualquer tipo de sintoma, ou mesmo vestígio nítido no corpo de quem a consumiu. Dr. Eliot passou então a considerar essa planta como um veneno mortal.

The New York Times, 17 de julho de 2009.

– O que isso significa? – perguntava o detetive, passando a mão entre os cabelos. – Carson, pegue suas coisas, precisamos ir até a sede do jornal! Talvez lá possamos descobrir algo sobre o suspeito.

A dupla desceu correndo as escadas. Smith estava com tanta pressa que não se deu conta, e acabou entrando no Mustang GT em vez de sua viatura.

Ao chegaram no local, os policiais dirigiram-se até a recepção. Eles se apresentaram a uma moça, e informaram a ela que precisavam falar com o editor-chefe do jornal. Ela os levou até a sala de Robert Morris. A jovem deu três batidas na porta. Eles puderam ouvir uma voz vinda do lado de dentro, dizendo:

– Pode entrar!

– Sr. Morris, estes dois policiais precisam falar com você.

Morris deu uma arqueada na sobrancelha. Ele aparentava ter cerca de 60 anos. Era meio barrigudo. Tinha barba espessa e usava suspensório. O homem se levantou da cadeira, e se dirigiu até os policiais estendendo a mão.

– Boa tarde, senhores! – cumprimentou. – Em que posso ajudá-los?

– Sou o detetive Smith e este é o policial Carson. Estamos investigando um caso. Há poucos minutos recebi em minha mesa esta matéria de seu jornal. Precisamos saber quem a escreveu.

Morris franziu a sobrancelha. Tomou o papel nas mãos e o leu rapidamente. Sem dar explicações, o homem dirigiu-se ao computador. Após alguns segundos, ele os chamou para perto de si.

– Vejam! Esta matéria não foi publicada pelo nosso jornal – disse o velho, mostrando-lhes a notícia original publicada na coluna do dia. – Mas, devo lhes dizer que a pessoa que publicou este informativo caprichou na cópia. Este escrito está impecável. Ele segue fielmente o estilo deste jornal. Se encontrarem o autor das notórias palavras, me avisem, porque devo contratá-lo - disse o brincalhão Morris. - Posso fazer mais alguma coisa por vocês?

- Creio que não. Isso já foi o bastante. Muito obrigado por sua cooperação.

- Estamos às ordens - despediu-se Morris, acompanhando-os até a porta.

CAPÍTULO 18

Smith e Carson dirigiram-se ao carro. O detetive reclinou a cabeça para trás.

"Pense, Smith! Por que alguém teria lhe enviado esta matéria?"

Antes que pudesse seguir com seu pensamento, Carson interpôs-se:

– Senhor, enquanto você se dirigia até a delegacia, pesquisei o endereço do laboratório do Dr. Eliot. – O policial enfiou a mão no bolso e pegou seu caderninho. – Aqui está! Poderíamos ir até o local e nos informarmos sobre o conteúdo da matéria – sugeriu.

A expressão no rosto de Smith animou-se.

– Boa, Carson. A cada momento você me surpreende mais. Desse jeito você vai acabar virando detetive – elogiou. – Você tem razão, vamos lá!

O arranha-céu ficava na parte Sul de Manhattan. Ao chegarem no local, os dois ficaram surpresos com a imponência do prédio.

– Eu já passei por aqui algumas vezes – revelou o detetive. – Mas nunca vi como é por dentro.

Ao entrarem, dirigiram-se até a recepção. A atendente tinha pele clara e cabelos ruivos. Em cima do balcão, havia uma espécie de placa. Na folha de metal estava grafado o nome: Jéssica Stuartz.

– Olá, Stuartz. Sou o detetive Smith e este é meu colega Carson – disse ele, apresentando o distintivo. – Precisamos fazer algumas perguntas ao Dr. Eliot.

Neste exato momento, Terry – o assistente do doutor – vinha seguindo pelo corredor em direção à recepção. Cabisbaixo, lia algo em uma prancheta. Ele aparentava ter uns 30 e poucos anos. Tinha cabelos pretos. Barba por fazer. Dava grandes indícios de ser um nerd, daqueles que gostam de Star Wars, Senhor dos Anéis e coisas do gênero.

Ao levantar a cabeça, o jovem viu Smith apresentando o distintivo à Stuartz. Seus olhos arregalaram-se. Ele ficou estático. Suas pernas grudaram no chão.

– Olá, detetive! – cumprimentou Stuartz. – Olha, infelizmente Dr. Eliot não está nos Estados Unidos. Ele viajou há uma hora rumo a Berlim, onde vai realizar uma conferência.

– Que droga! – sussurrou Smith. – Há alguém com que poderíamos conversar sobre a "Plax"?

– Tem sim! Terry é o assistente do doutor. Ele está na clínica. Posso levá-los até ele.

– Ok!

– Por favor, venham comigo! – chamou ela, já saindo de trás do balcão.

Quando os três viraram para seguir rumo à sala do tal assistente, deparam-se com o próprio, totalmente imóvel, no final do corredor. O rapaz, sem ao menos piscar, olhava para os policias.

– Aquele é Terry – disse Stuartz, apontando com o dedo.

Como em uma cena congelada, os quatro ficaram paralisados por alguns segundos. Terry deixou a prancheta cair.

– Oh, merd... – Antes mesmo que Smith terminasse de concluir a frase, o jovem tomou impulso e saiu correndo para os fundos do laboratório.

– Vá atrás dele! – gritou Smith para Carson. – Eu pego o carro!

Mais rápido do que a luz, Carson zarpou. Como se tivesse sido arremessado por um canhão, ele disparou a correr atrás de Terry.

– Minha nossa! – bradou Smith. – Esse cara deve ser irmão do Usain Bolt.

Sem perder tempo o detetive foi até seu Mustang. Dando a volta na quadra, passou a perseguir os dois.

– O que é isso? – dizia Smith, impressionado. – Esses dois parecem corredores profissionais.

Terry, muito afobado, derrubava as pessoas que estavam à sua frente. O tempo todo olhava por cima dos ombros para ver se Carson ainda o seguia.

O policial, ao contrário do fugitivo, não perdia a educação.

– Perdão! – falava ele, desculpando-se com os pedestres nos quais esbarrava. – Saiam da calçada! – gritava, tentando alertar os distraídos.

A perseguição se estendeu por várias quadras. Ela só terminou quando Terry deu de cara com um cruzamento. Subitamente, o jovem parou no intuito de decidir em qual direção correria.

Smith notou o fato. Carson também. O policial balançou a mão. Ele fazia um sinal para Smith. Era como se estivesse dizendo: "*Pare o carro na frente dele que eu o pego*".

– Certo, Carson! Já entendi o que você quis dizer!

Girando abruptamente o volante, e puxando de uma só vez o freio de mão, Smith virou o carro bruscamente no cruzamento. Fazendo os pneus cantarem, derrapou o automóvel milimetricamente na frente de Terry. Carson, que vinha logo atrás do fugitivo, pulou e arrastou o malandro por cima do capô do Mustang.

– Meu Deus! – tornou a bradar Smith, abrindo a porta do carro. Os dois corredores estavam estirados no chão. Sentindo dor no corpo inteiro, eles respiravam profundamente, como se tentassem, com muita dificuldade, encher os pulmões de ar.

– Você está legal, Carson?

– Sim, estou bem! – afirmou o policial, levantando-se. – Algeme-o! – acrescentou.

Smith pegou Terry pela gola da camiseta, e o ajudou a se reerguer.

– Levanta aí, malandrão – dizia o detive, com um sorriso maroto. – Se lascou, hein!

Depois de declarar seus direitos, Smith o algemou. Puxando o banco do motorista para frente, ordenou:

– Entre!

O rapaz deu uma olhada geral no minúsculo espaço dos bancos traseiros. Com uma cara de espantado, mais que depressa resmungou:

– Você está falando sério? Não vou entrar aí! – retrucou. – Isso é ilegal – protestou.

Smith, abaixando-lhe a cabeça, empurrava-o para dentro.

– Vamos logo. Não tenho o dia todo. Entre logo aí!

Terry sentou no meio do banco. Com uma perna de cada lado do assoalho, totalmente comprimido, mal conseguia se mexer.

O policial e o fugitivo mal conseguiam respirar. Os dois estavam esgotados. Ligando o motor, Smith indagou ao rapaz:

– Então, Pernalonga, por que você fugiu?

Terry fez uma cara de dúvida. Seus olhos fixaram-se no retrovisor.

– O quê? – resmungou ele. Após uma breve pausa, muito indignado consigo mesmo, bradou: – Oh, não! Que droga! Vocês não foram me prender? – indagou, dando cabeçadas para trás.

Smith e Carson se deram uma olhada do tipo: Hã? Tentando entender o que estava acontecendo. O detetive novamente fitou Terry pelo retrovisor.

– Não! – declarou. – Só precisávamos fazer algumas perguntas sobre Dr. Eliot.

– Oh, merda! – praguejou o atrapalhado.

Os tiras novamente trocaram alguns olhares.

– Bem... Mas agora teremos que prendê-lo – pressionou o sarcástico detetive.

– Não! Por favor! – implorou o jovem. – Eu lhes digo tudo o que quiserem saber sobre Dr. Eliot!

Sendo assim, Smith não perdeu tempo.

– Então nos diga: Quem é Dr. Eliot?

– Olha – começou –, o que sei é que os pais dele são imigrantes vindos da Alemanha. Quando jovem, formou-se em medicina. Depois de um tempo, casou-se com Elizabeth. Eles tiveram um filho chamado Christopher.

Smith, muito intrigado com o interrogatório, estacionou o carro e concentrou-se na conversa. Ele até pensou em perguntar se o jovem sabia algo sobre a matéria de jornal, mas hesitou. Decidiu esperar.

– E o que você sabe sobre a planta “Plax”? – inquiriu Smith.

Terry abaixou a cabeça. Nitidamente abatido, deixou seu semblante esmorecer. Ele fez uma breve pausa. Era como se buscasse as palavras certas para responder à pergunta. Sem rodeios, foi direto ao ponto:

– Quando Christopher completou 2 anos, começou a apresentar os primeiros sintomas de JY-1 MIND.

– O que essa doença causa? – interrompeu Smith.

– Bem... Em palavras simples, poderíamos dizer que JY-1 MIND é uma doença degenerativa. Ela inicia com a criança ainda pequena. No primeiro nível, geralmente aos 2 anos, o bebê apresenta os primeiros sintomas: perda gradativa da visão e da audição. No segundo nível, ocorre uma diminuição considerável na imunidade do paciente. Por fim, no terceiro estágio, os órgãos vitais do paciente vão, um a um, parando de funcionar. Nesta fase da doença, as chances de morte saltam para 94%.

Terry fez uma pausa. Com os olhos vidrados na janela, anunciou:

– Christopher está iniciando o terceiro estágio.

Smith e Carson esboçaram um som de pesar.

O jovem continuou o relato dos fatos:

– Quando Christopher apresentou os primeiros sintomas de JY-1 MIND, Dr. Eliot começou a buscar um tratamento para o filho. Na época, ele ficou muito triste, porque até o dado momento não haviam muitas informações sobre a doença, quem dirá sobre o tratamento. – Tomando fôlego, ele prosseguiu. – No ímpeto de salvar Christopher, o doutor começou a fazer estudos sobre o assunto. Depois de conseguir patrocínios, ele passou a realizar experimentos, com uma até então desconhecida planta tropical, que mais tarde ele mesmo denominou de "Plax". Os resultados das pesquisas eram formidáveis. A cada nova descoberta que Dr. Eliot fazia, ele as aplicava no filho.

Terry fitou os olhos de Smith pelo retrovisor. Convicto, afirmou-lhe:

– É somente graças a essas descobertas que Christopher ainda está vivo.

Smith começava a encaixar as peças do quebra-cabeça. Tudo começava a fazer sentido. Ele sentiu que já era hora de apresentar a matéria de jornal ao rapaz.

– Veja – anunciou o detetive, mostrando o envelope com a frase: "Mais uma pessoa morrerá", e a matéria de jornal. – Alguém deixou isto sobre a minha mesa agora a pouco. Você sabe do que se trata?

O jovem deu uma rápida lida no material.

– Mas o que é isso?! – esbravejou. – Ninguém sabe sobre estas informações a não ser eu e Dr. Eliot! – furioso, emendou: – E quanto a esta ameaça de morte, escrita aí nesse envelope, não faço a mínima ideia do que seja.

Smith e Carson ficaram surpresos com a indignação de Terry. Mas, muito sábios, deixaram o rapaz abrir o bico por conta própria.

Terry ficou impaciente. Algo o inquietou. Indignado, ele balançava a cabeça de um lado para outro. Passados alguns segundos, ele tornou a concentrar-se. Tentando digerir todas aquelas informações, aquietou-se.

– Realmente não faço a mínima ideia de quem lhe mandou o artigo – reafirmou. – Mas enfim, vamos ao que sei. Há alguns meses, depois de 20 anos pesquisando a cura para JY-1 MIND, enquanto o doutor manipulava os compostos da planta "Plax", fazíamos alguns experimentos em animais, quando por acaso, descobrimos que uma das substâncias da planta, quando manipulada, tinha o poder de tornar-se um veneno mortal, podendo até mesmo ser consumida oralmente. A ação do veneno no organismo leva à morte instantânea. Analisando a morte dos animais, detectamos apenas que eles tiveram uma espécie de ataque cardíaco. Mais fascinante ainda, é o fato de que depois que se ingere o composto, este se altera dentro do corpo da vítima, podendo tranquilamente ser confundido com a simples utilização de um analgésico. Dificilmente um patologista desconfiaria de morte por envenenamento. Sendo assim, podemos concluir que o veneno não deixa nenhum vestígio concreto.

O jovem fez uma breve pausa, tomou fôlego e seguiu:

– O doutor teve medo que a "Plax" pudesse ser usada para fins maléficos. Por isso, decidiu abandonar os estudos dessa planta. Destruímos todos os resultados das pesquisas que fizemos. Por meio de artigos científicos, Dr. Eliot passou a desmotivar qualquer análise da planta, dizendo a todos que era uma total perda de tempo estudá-la.

Terry deu de ombros.

– É claro que o doutor mentiu. Mas ele só fez isso porque sabia que se mais cientistas a pesquisassem, poderiam chegar acidentalmente ao veneno. O doutor encontrou-se em um dilema ético. Ao mesmo tempo em que ansiava incentivar as pesquisas da Plax, a fim de encontrar a cura para JY-1 MIND, por outro lado, ele estava preocupado que estas pesquisas pudessem ir de encontro ao veneno mortal.

Terry tornou a dar de ombros.

– Bem, depois que o doutor tomou a decisão de eliminar todos os dados, ele só precisou relatar isso ao senador Brouks, pois era ele quem financiava as pesquisas.

– Por que o senador patrocinava as pesquisas? – indagou Smith, intrigado.

– Dr. Eliot e senador Brouks se conheceram ainda na faculdade. Durante o tempo do curso, eles se tornaram jogadores profissionais de xadrez. Os dois acabaram virando grandes amigos. Quando Christopher apresentou os primeiros sintomas da doença, Brouks começou a buscar recursos para financiar as pesquisas de Dr. Eliot. Foi nesta época que ele se candidatou e venceu as eleições. Desta forma, Brouks pôde apoiar ainda mais o doutor na busca da cura de JY-1 MIND.

– Vocês destruíram todas as pesquisas e as amostras do veneno? – pressionou o detetive.

– Sim! – afirmou o rapaz, incisivamente.

– Você tem certeza disso? – retrucou. – Pense bem. Se estiver mentindo terá grandes encrencas.

– Claro que tenho – respondeu, sem hesitar. – Durante esta semana destruímos todos os dados das pesquisas dos últimos 20 anos. Dr. Eliot publicou no mês passado um último artigo informando que a "Plax" não tem chances de curar a doença JY-1 MIND. Hoje ele foi a Berlim, divulgar os dados em uma conferência.

Carson virou-se em direção ao banco de trás. Com um sorriso no rosto, perguntou-lhe:

– Mas, afinal de contas, por que você saiu correndo?

Terry empertigou-se no banco. Em tom de risada, revelou:

– Bem... Digamos que fiz uns coquetéis especiais para alguns amigos meus. Umas coisas muito doidas. Quando vi vocês, pensei que eles tivessem feito alguma porcaria, e vocês foram lá para me prender.

Os três deram risada da cena.

– Nossa, mano – desabafou o policial. – Você parecia um corredor de atletismo.

Terry riu muito.

– De boa... Pensei que você fosse um *cyborg*. Se eu tivesse que fugir mais uma quadra, acabaria tendo um ataque do coração.

Smith, Carson e Terry deram boas risadas da aventura. Depois disso, o detetive ainda lhe solicitou:

– Preciso do número do celular do doutor.

Terry lhe passou o número. Smith o levou de volta ao laboratório. Enquanto o jovem saía do carro, Carson ainda brincou com ele:

– Espero não ter que prendê-lo novamente.

– Pode deixar. Já aprendi. Da próxima vez eu não vou correr – disse, em tom de humor.

O detetive tentou por vezes ligar para o número de Dr. Eliot. Mas o celular encontrava-se desligado.

CAPÍTULO 19

Smith pensava consigo mesmo: "*Se um crime de fato for acontecer, o tempo pode estar se esgotando*".

Carson percebeu a gravidade da situação.

- Devemos acionar o FBI?

Smith passou a mão na cabeça. Pensativo, afirmou:

- Não sei! A princípio, Sr. Willson morreu de causas naturais. Há a possibilidade de que tudo isso seja apenas uma brincadeira de mau gosto. Só temos pistas, mas não temos provas de nada. Sabe, Carson, estou começando a pensar na possibilidade de que tudo isso não seja uma ameaça de morte, mas sim, algum tipo de denúncia anônima. Talvez a pessoa tenha medo de falar explicitamente sobre o que sabe. Não sei... Mas é uma possibilidade.

Smith fechou os olhos e os espremeu com o polegar e o indicador.

- Mas a questão é - prosseguiu. - Por que essa pessoa não quer, ou não pode, se identificar? Por que ela está nos revelando tudo em códigos?

Smith balançou a cabeça. Algo o perturbava.

- Espero que estejamos seguindo as pistas certas - desabafou o confuso detetive. - Precisamos falar com Dr. Parker, o médico patologista. Vamos ver se ele descobriu algo na autópsia. Também vou fazer algumas perguntas sobre a Plax.

- Ok - concordou o policial.

Após um breve silêncio, Carson pegou o celular.

- Senhor, me permite? - pediu ele, apontando para o aparelho. - Preciso fazer uma ligação para minha esposa.

- Claro, Carson! Fique à vontade.

– Olá, querida. – A esposa queria saber se o policial estava bem. – Sim, está tudo bem. E como foi a consulta do Chris? – Ela explicou-lhe como fora a consulta. – Ah, que bom. Assim fico mais tranquilo. Ainda bem que não era algo mais sério. Qualquer coisa, me ligue, ok! Agora preciso voltar ao trabalho. À noite conversamos melhor. – Ela se despediu. – Também amo você. Beijo.

Smith ficou surpreso com a atitude de Carson. Não que ele tivesse pensado que o policial era displicente para com a família, mas foi muito agradável ver a forma carinhosa que Carson falou com a esposa.

– Tudo bem? – perguntou Smith.

– Sim! Chris teve consulta médica por causa de dores no ouvido. Ele foi na piscina e acabou entrando água no ouvido. Mas ele vai sobreviver – brincou Carson. – O senhor tem filhos?

– Tenho. Dois meninos. Brian tem 9 anos e Andrew tem 6.

CAPÍTULO 20

No necrotério, foram falar com Dr. Parker. O patologista era um homem de poucas palavras, em compensação, de muito trabalho.

- Olá, doutor, o que temos? - indagou o ansioso detetive.

Mostrando-lhes o falecido, o legista lhes relatou:

- Vejam, não há marcas de agressão. A massa encefálica estava intacta, descartando assim a chance de contusões. Os pulmões do homem não estavam inchados, não tinham pintas vermelhas, e nem mesmo a face encontrava-se arroxeada, indícios estes que poderiam apontar morte por asfixia.

Indicando com o dedo algumas partes do corpo, prosseguiu:

- Sem sinais de picadas de agulha. Os exames toxicológicos deram todos negativos para consumo de drogas. Na garganta não há indícios de envenenamento. Para dizer a verdade, após a análise que realizei no estômago da vítima, constatei que a chance de envenenamento é nula. Também não há evidências de que Sr. Willson era portador de alguma doença. Concluindo: a chance de ter sofrido um mal súbito é mínima.

O doutor pegou uma lupa e a entregou para Smith.

- Vê estas marcas? São de tiros. Um na coxa direita, e outro no peito. São muito antigas. Desconfio que sejam da época da Segunda Guerra.

Colocando um lençol sobre o corpo, o doutor passou a apresentar suas conclusões finais:

- É bem provável que Sr. Willson tenha morrido de causas naturais. Aos poucos, os órgãos dele já deviam estar entrando em estágio de falência.

Após um breve pigarro, exemplificou:

– Deixe-me explicar melhor. Nas últimas batidas, seu frágil coração liberou para o corpo hormônios, endorfinas, que aliviaram a dor. Sem oxigênio, os órgãos pararam de funcionar. Por fim, a atividade cerebral caiu até o ponto em que o cérebro foi lesado irreversivelmente. Costumo dizer que esta morte é como uma fábrica que está sendo fechada. Já é tarde da noite, as luzes vão sendo apagadas, até que o último funcionário dirige-se até a porta de saída, dá aquela última olhada para o galpão, e então apaga a última lâmpada.

O patologista suspirou e arqueou as sobrancelhas. Era nítido que algo lhe fez sentido.

– Ele havia perdido a esposa há pouco? – perguntou.

Smith assentiu com a cabeça.

– Isso faz um certo sentido. Muitos idosos que perdem seus cônjuges de uma vida inteira, por vezes também acabam alcançando a luz no fim do túnel. – Arqueando novamente as sobrancelhas, emendou: – Se é que você me entende, detetive?

– É difícil suportar a saudade.

– Exato! Não é suicídio. A vida apenas chegou ao fim, de uma forma natural.

Retirando do bolso a matéria, Smith mostrou-a ao patologista.

– Doutor, constatamos nas investigações de hoje que pode haver um veneno extraído da planta Plax. Segundo informações, ele é capaz de matar sem deixar pistas nítidas na vítima. O senhor sabe algo sobre isso?

– Já ouvi falar sobre Dr. Eliot. Mas, especificamente sobre as informações desta matéria, não tenho conhecimento. O que posso fazer é realizar novamente alguns exames.

– Ok! Bem, já vamos indo. Ainda precisamos falar com Morony. Se o senhor descobrir algo, por favor, me avise.

– Pode deixar. Eu lhe manterei informado.

Ao saírem da sala de exames, os dois oficiais foram rumo ao departamento de investigação criminal da polícia de Nova Iorque.

CAPÍTULO 21

Chegando ao prédio, dirigiram-se até a sala de Morony.

- Olá, Morony, o que você descobriu?

- Ok. Vamos lá! As pegadas eram de um tênis. Provavelmente de um número adulto. Além disso, encontramos algumas amostras de fios de cabelo. Infelizmente, não temos com quem compará-las. As digitais colhidas no local, como já lhes informei, eram do próprio falecido e da Sra. Amélia. O corpo estava limpo. Ao que tudo indica o homem deve ter tomado banho no dia anterior. Nas unhas não havia resquícios de pele. A cama estava bem arrumada. Também não há nada que indique que Sr. Willson tenha sofrido uma queda. No apartamento não havia nenhum sinal de luta, como manchas de sangue ou móveis quebrados. Não foram encontradas armas nem projéteis. As facas estavam em seus locais propícios. No quarto não havia cápsulas de remédios, e os que estavam no armário do banheiro, eram analgésicos de pequeno efeito.

Smith e Carson ficaram muito intrigados. Sentando-se na cadeira, Morony ligou o computador e passou a lhes mostrar alguns dados.

- Vejam! Pelas análises que fiz na porta do imóvel constatei que de fato ela foi arrombada. Provavelmente com um empurrão ou algo do gênero. As marcas de amassado na porta e as análises das farpas revelam que provavelmente a pessoa que a arrombou deva ter entre 1,75 m e 1,80 m de altura, e no mínimo 70 kg.

Após uma pausa de efeito, salientou:

- Como os senhores já devem ter percebido, esses dados se encaixam com a marca da pegada.

Abrindo outra janela no computador, Morony lhes mostrou os resultados das análises feitas nas pistas.

– No relógio, só foram encontradas digitais do morto. Porém, no envelope, não havia nenhuma impressão do velho.

– Desculpe – interrompeu Smith. – Mas tem algo interessante que preciso explicar.

– Siga em frente. Estou ouvindo.

– Hoje, durante as investigações, eu e o policial Carson conseguimos encontrar um vínculo plausível entre a carta e o relógio. Sendo assim, estamos trabalhando com a hipótese de que as duas coisas foram deixadas junto ao corpo por um terceiro. Ou seja, a pessoa usou luvas o tempo todo. As digitais do falecido aparecem no relógio pelo fato de que o autor das pistas depositou o objeto na mão da vítima. Por outro lado, como o envelope ficou sobre o peito do Sr. Willson, acabou não sendo marcado pelas digitais do mesmo.

– Ok! – reagiu Morony, empolgado. – Isso já explica um bocado de coisa. Bem, seguindo meu discurso... Há cerca de uma hora falei com Dr. Parker. Segundo ele me relatou, é quase certo que Sr. Willson morreu de causas naturais. Se este for o caso, o que pode ter havido é uma junção de dois fatos. Em primeiro lugar, a morte do idoso. Em segundo lugar, uma invasão no imóvel. Se for assim, o intruso deixou ali o relógio e o envelope. Ou seja, Sr. Willson morreu de causas naturais e alguém, sabendo disso, deixou junto ao corpo pistas de um possível crime que poderá vir a ser cometido.

Após uma leve tossida, o próprio Morony contra argumentou essa tese:

– Ainda outra possibilidade, é de que tenha havido uma tremenda coincidência. Ou seja, a pessoa foi ao apartamento para deixar as evidências com Sr. Willson. Entretanto, quando chegou lá, acabou sendo surpreendida ao encontrar o velho já sem vida. Nesta hipótese, o arrombamento da porta faria mais sentido.

– Realmente, esta segunda hipótese faz mais sentido – concordou Smith.

– Pois é, detetive Smith. Mas ainda temos o segundo envelope que foi deixado em sua mesa. Como já expliquei ao policial Carson, não consegui nenhuma evidência que revelasse o autor destas pistas. Você já checou as câmeras da delegacia?

– Bill está cuidando disso – informou Smith.

Fazendo bico, Morony balançou o bigode de um lado para o outro. Algo ainda o inquietava.

– Smith, você já deve ter pensado no assunto, mas ainda não consegui entender: por que alguém nos avisaria de um crime que pretende cometer?

– Também tenho me perguntado isso. Já comentei com Carson. Tenho para mim que talvez esta pessoa misteriosa esteja tentando fazer algum tipo de denúncia.

– Interessante. Isso faz sentido. Olha, não quero lhe pressionar, mas esse cara parece estar falando sério. Digo isso pelo cuidado que demonstra não deixando pistas sobre sua própria identidade. Ele só nos deixou migalhas de pão, se é que você me entende?

– Entendo sim! O cara só deixa as pistas que ele quer que sigamos – inconformado, o detetive balançava a cabeça. – A questão é: aonde ele quer nos levar?

Os três bufaram.

– É, detetive – disse Morony, arrastando as palavras. – Pelo jeito você terá um final de dia corrido.

– Nem me fale. Mas enfim, vamos prosseguir com as investigações. Obrigado pela ajuda, Morony.

– De nada. Estamos às ordens.

Smith estava totalmente intrigado com o caso.

"Será que algum infeliz está deixando pistas falsas para nos despistar do verdadeiro crime? Essa é uma possibilidade. E se esse cara é o próprio criminoso? Mas isso não faz muito sentido. Afinal, não é sempre que o criminoso deixa os indícios para serem analisados. Geralmente, é o policial quem precisa se esforçar para encontrar pistas. Se este for o caso, o jogo está invertido. Bem... só se ele for um daqueles loucos por adrenalina. Tipo um maníaco, que quanto mais perto de ser pego, mais fica excitado. Mas afinal, o que ele quer dizer com a frase: 'mais uma pessoa morrerá'?"

Smith podia sentir: aquilo tudo não era uma ameaça terrorista. Nem mesmo algo desse gênero. Todas as pistas o levavam a concluir que o "suposto criminoso" tinha um objetivo em mente: fazer algo. Mas o quê?

Denunciar um crime ou matar alguém?

"Pense, Smith. Você está muito próximo! Está diante de seus olhos, você só não consegue enxergar..."

– Carson. Quero sua opinião. Sinto que estamos muito perto da verdade. Proponho que esperemos mais uma hora! Se não conseguirmos solucionar o caso, comunicaremos o FBI. O que você acha?

– Eu concordo com o senhor. Afinal, pense comigo: se tudo isso for uma piada de extremo mau gosto e nos precipitarmos acionando o FBI, corremos o risco de acabarmos nos passando por completos idiotas. O senhor tem razão, vamos averiguar melhor todos os fatos. E ainda tem outra coisa – emendou –, se este cara estiver realmente tentando fazer uma denúncia anônima, podemos botar tudo a perder. É óbvio que ele não confia no sistema.

– Ok. Você foi muito preciso. Então vamos fazer o seguinte. Vou deixá-lo na delegacia. Fale com Bill, da tecnologia. Veja se ele encontrou algo nas imagens do sistema de monitoramento. Depois, tente encontrar quem fez a entrega do envelope em minha mesa.

– Sim, senhor! Eu farei isso – garantiu.

Enquanto isso, darei um pulinho na casa do Dr. Eliot. Vou ver se descubro algo com a Sra. Elizabeth.

CAPÍTULO 22

Ao chegarem à delegacia, Smith rapidamente fez uma parada para que Carson desembarcasse. O policial foi à sala de Josh McDowell. O jovem era um dos técnicos em informática da delegacia. Mas McDowell era mais conhecido pelo vulgo: "Bill". Os demais colegas lhe deram esse apelido porque, segundo eles, Josh é tão inteligente quanto Bill Gates.

Ao contrário de alguns técnicos de informática, que são tímidos e sérios, Bill era muito espontâneo. A porta da saleta já estava entreaberta. Carson educadamente deu três batidinhas na madeira, antes de adentrar o local.

–Olá! Você é o Bill?

– Isso mesmo – asseverou o rapaz. – Chega mais! Você é o policial Carson, certo?

– Sim. Sou eu mesmo.

Movendo uma cadeira na direção do policial, Bill lhe convidou:

– Senta aí! Smith me avisou que você viria. Puxa, devo lhe dizer que estou impressionado. Seu primeiro dia aqui e você já está trabalhando com Smith.

Carson sorrindo, deu de ombros.

– Pois é. Hoje é meu dia de sorte.

Bill mirou o policial nos olhos. Deu uma franzida na testa. Dando uma analisada no policial dos pés à cabeça, soltou:

– Não sei se você sabe, mas Smith é muito rigoroso com seus parceiros.

Carson abriu os braços e deu de ombros:

– Bom – disse o policial, sorrindo. – Foi ele quem me chamou! Então ele deve saber o que está fazendo.

– Está certo! Você realmente parece ser um cara legal. Bem, mas vamos ao que interessa.

Bill expandiu uma janela no grande monitor:

– Veja, Carson! – disse ele, ampliando um rosto no monitor. A imagem não era nada nítida, porém, a duras penas, Bill a deixara o mais visível possível. Era possível identificar um homem. Não parecia ser muito velho. Talvez um americano. Boné dos Yankees na cabeça. E finalizando o disfarce, óculos escuros estilo aviador na cara. – Pois é, policial. Esta é a melhor imagem que temos de seu suspeito. Ele deve ter percebido as câmeras, e se esquivou delas.

– Você consegue imprimi-la? – perguntou Carson, olhando fixo para o monitor.

Pegando uma cópia que saía da impressora, Bill a entregou ao policial.

– Está na mão.

Carson segurou o papel. Levantando-se, se despediu:

– Valeu, Bill, fico devendo.

Bill sorrindo retrucou:

– Quando ficar famoso... não se esqueça do Bill aqui.

– Pode deixar. Não vou me esquecer.

Saindo da sala do Sr. Tecnologia, Carson se dirigiu até a mesa de Smith. Parando em frente ao quadro, tentou descobrir algo.

O policial tinha mais dúvidas do que respostas. Seu raciocínio era rápido, mas agora, com vidas em jogo, ele sentia a pressão. Enquanto olhava para o quadro, pensava: *"O que estas pistas querem dizer? Smith, Smith, o que está se passando em sua cabeça?"*.

A sensação do policial neste caso era a mesma de um torcedor que é colocado em uma partida de futebol americano. Você gosta do jogo, você assiste aos jogos, você estuda e comenta, mas isso não significa que você seja um jogador profissional.

Após alguns minutos de análise, ele se perguntou:

"Por que o suposto criminoso entregou o artigo de jornal na mesa de Smith? Será que Smith é o alvo do crimin..."

O raciocínio do policial foi interrompido pelo som de seu celular tocando. O seu superior lhe informou que o oficial Baley já estava melhor e que o aguardava na viatura. Carson nem tentou argumentar. Era seu primeiro dia. Fazer o quê? O jeito é voltar a patrulhar.

CAPÍTULO 23

Nova Iorque, 1953. George investigava um caso de desaparecimento. Um homem chamado Harry sumira sem deixar vestígios, assim como o carro que usava no dia do desaparecimento. Harry era um jovem de 25 anos. Apesar da pouca idade, era dono de 50% de uma empresa de roupas. A vítima supostamente saiu de casa logo cedo para trabalhar e depois disso não foi mais vista. O detetive interrogou vizinhos da casa e da empresa. Nada. Nenhuma informação conclusiva saiu destas conversas. O modelo do carro e a placa foram divulgados em rádios e jornais. Muitas informações foram dadas. Nenhuma com fundamento. Pessoas que afirmavam ter visto Harry, muitas vezes não precisavam a data que o avistaram.

Charlie, o sócio, relatou que Harry não apareceu no trabalho no dia em questão. Segundo ele, a empresa passava por uma boa fase. A esposa de Harry, Ava, uma linda jovem, agia com total desespero. Ela – sempre chorando muito – dizia que se despediu normalmente do marido no café da manhã, e por fim, ouviu o barulho do carro saindo da garagem. George sentia que tanto o sócio quanto a esposa ocultavam algo. Mas, sem razões que confirmassem sua suspeita, a primeira linha de investigação era mesmo a de sequestro.

George foi até a casa do desaparecido. Ele conferiu todos os detalhes. Inicialmente buscava algo que pudesse revelar uma agressão ou briga. Nada. Nada. Tudo estava aparentemente em ordem. Em segundo lugar, o investigador procurou evidências que indicassem uma fuga premeditada. George revirava os papéis de Harry em busca de alguma nota de compra de passagens ou aluguéis de casa em outras cidades, mas para todas estas suposições não foram encontradas pistas.

A única coisa que chamou a atenção de George foi uma das janelas da sala que fora pintada de branco. Dava para ver que ela fora pintada há pouco tempo, o cheirinho de tinta ainda estava lá. Ele matutou sobre o fato, mas não conseguiu identificar o fator estranho naquilo. Quando perguntou à mulher, recebeu uma breve resposta: "Estava descascando, então Harry pintou no dia anterior ao desaparecimento".

Quem compra tinta e pinta apenas uma janela? Mas enfim, isso não era fundamental ao caso.

George foi a rodoviárias, estações, portos e aeroportos, mas nenhum sinal de que Harry pisou por ali. Como os primeiros dias se passaram sem nenhum contato feito pedindo resgate, essa hipótese foi praticamente descartada. Bem, agora as investigações trabalhavam primordialmente com as chances de assassinato ou fuga. *Fuga? Será?* Uma linda esposa. Um trabalho agradável e lucrativo. Por que fugir disso?

Seria mais fácil trabalhar com hipótese de assassinato. Alguém tinha motivos para matar Harry? Quem eram os suspeitos?

Dia após dia George tentou encontrar esta resposta. Nada. Absolutamente nada de novo foi descoberto. O tempo passava, e com ele novos casos surgiam. George não pôde mais dedicar-se integralmente ao desaparecimento de Harry.

Em uma bela noite, George, junto com a família, assistia a um filme de comédia. Em uma das cenas, uma mulher colocava uma torta na janela para esfriar. Em questão de segundos, alguns meninos da rua foram lá e roubaram a torta. Liza e os filhos davam risada da cena. George, entretanto, permanecia quieto. Alguma coisa naquela cena o inquietava. Muito concentrado, o detetive tentava entender o que lhe perturbava. A mulher novamente colocou uma torta na janela. Mas desta vez, ela acrescentou uma espécie de laxante na comida. Os meninos, que se lambuzavam com o recheio, logo descobriram que comer o lanche alheio pode custar muito caro e sujar bastante.

George arregalou os olhos, como se dissesse: "Mas é claro. Como não pensei nisso antes".

– Querida, preciso sair – disse ele, levantando-se.

– Aonde você vai a uma hora dessas?

– Acho que descobri o segredo da janela branca.

Liza, sem entender nada, fez cara de incompreensão.

– O quê?

– Depois explico.

George saía apressadamente, quando voltou, e deu um beijo na esposa:

– Bom filme. Amo você – disse ele, com um sorrisinho discreto.

Sem entender nada, ela deu risada.

George foi à casa de Ava. Ele bateu na porta três vezes.

– Vamos. Eu sei que você está aí – sussurrou ele.

Ele tornou a bater de forma insistente. Lá pela décima pancada, a mulher abriu a porta.

– Sim – disse ela, vestida com um roupão.

George logo percebeu.

– Quem está aí?

– Do que você está falando? – perguntou a moça, tentando desviar o assunto.

– É Charlie! – disparou. – Estou certo?

A moça ficou branca. Branca como a neve.

– Eu sabia! Sempre desconfiei. Bem, mas a vida é de vocês. Não estou aqui por isso. Lembra-se da janela branca da sala?

A moça fez que sim com a cabeça.

– Certo. Onde está a lata de tinta que sobrou?

– Não sei – disse ela, de forma irônica.

Porém, após dizer essas palavras, a mulher congelou. Mais forte que a luz do sol, ela pôde ver um clarão em sua mente. Seus olhos foram saltando aos poucos. Os batimentos cardíacos aceleraram bruscamente.

George compreendeu o que ela sentia. Foi a mesma coisa que sentiu sentado na sala, vendo a cena do filme.

– Oh, meu Deus! – disse a moça, levando a mão à boca.

George ansiosamente, esperou ela confirmar.

– Claro! Agora eu me lembro.

Ela lembrou-se da cena em que se despediu do esposo.

– Querida, eu já vou. Vou passar na loja e trocar a tinta. Essa aqui não... blá... blá... blá... blá... – foi só isso que ela quis entender.

– Ok – respondeu ela de forma fria, enquanto lia o jornal.

Ava não prestou muita atenção nas palavras do marido. Na verdade, ela nunca prestava atenção no que ele dizia. O coração dela pertencia a Charlie. O coração e a mente. Isso a tal ponto de não dar a mínima atenção a Harry naquele exato momento.

Jack, o dono da loja de tintas, matou Harry naquela manhã. Os dois tiveram um desentendimento por causa da tinta. O homem acertou uma paulada na cabeça de Harry. Simples assim. Ele enterrou o corpo em um matagal a vários quilômetros da cidade. Em outro ponto do estado, o esperto Jack queimou e abandonou o carro da vítima. Afinal, se encontrassem o carro não encontrariam o corpo. O homem esperou por dias pela presença da polícia para prendê-lo. Como nada tinha acontecido, acreditava que nunca seria descoberto. Ele só não contava com a *"White window"*.

CAPÍTULO 24

Já no Mustang GT, Smith recebeu uma ligação no celular.

– Diga, Carson.

– Smith, terei que voltar à patrulha. O oficial Baley já recebeu alta.

– Que bom que ele melhorou. Bem, isso significa que perdi mais um parceiro – disse ele, em tom humorado.

– Falei com Bill. Peça a ele para mandar a foto do suspeito.

– Ok, pode deixar. Foi bom trabalhar com você hoje.

– Valeu, senhor. Boa investigação. Espero que consiga resolver o caso.

– Eu também – emendou Smith.

– Até mais.

– Até.

Desconectando a chamada, Smith ligou para Bill:

– E aí, Bill, alguma novidade?

– Temos uma foto do suspeito.

– Me manda. – Após alguns segundos, Smith recebeu a foto em seu celular. – Sem chance de identificar? – inquiriu ele, decepcionado.

– Sem chance. Essa resolução é o máximo que se pode chegar do suspeito. É, detetive, o cara é bom no que faz. Seja lá o que for!

– Ok! Mas já é um começo. Bill, preciso que você encontre o número do gabinete do senador Antony Brouks.

– Só um minuto.

– Ok, eu espero.

– Achei.

– Pode falar. – O detetive anotou o número em seu celular. – Valeu, Bill. Depois pago uma Coca-Cola.

– Eu vou cobrar!

Smith estacionou o carro e chamou o número.

– Alô. Rebeca Stone. Gabinete do Senador Brouks, boa tarde.

– Olá, Rebeca. Sou o detetive Smith.

– Pois não, detetive, em que posso ajudá-lo? – disse uma moça, com voz firme.

– Estou investigando um caso, e gostaria de um tempinho para fazer algumas perguntas pessoalmente ao senador. Seria possível?

– Que pena. Infelizmente não. O senador Brouks viajou a Paris para resolver algumas questões políticas.

– E quando ele retorna?

– Somente amanhã.

– Puxa vida – lamentou. – Há algum número com o qual eu possa falar com ele?

– Sim! Posso lhe passar o celular dele.

Após anotar o número, o detetive despediu-se:

– Ok! Muito obrigado, Stone.

– De nada, detetive. Precisando de algo estou à disposição.

Smith não gostou muito da frieza da secretária. Ela lhe pareceu uma pessoa desprezível.

Tentando contato através do número, ele não obteve sucesso. O celular do senador também estava desligado. Com o tempo passando, Smith apressadamente ligou o motor e seguiu até o apartamento de Dr. Eliot, no Upper East Side. O prédio ficava na Quinta Avenida. Como se pode perceber ele representava bem o poder aquisitivo do prestigiado pesquisador.

Enquanto seguia pela Avenida Madison, Smith resolveu ligar para Anne. Novamente conectou o *bluetooth* e discou o número.

– Alô! Oi, querida. Está tudo bem? – A esposa disse que estava bem. – Que bom! E os meninos? – Anne afirmou que estavam todos bem e quis saber como ele estava. – Sim, estou bem. – Ela o inquiriu a respeito do caso. – Não... ainda não descobri nada. Se acontecer alguma coisa me ligue, ok? Pode deixar, tomarei cuidado. Depois conversamos melhor. Amo você. Beijo.

Smith amava muito sua família. Ele jamais gostaria de colocá-los em perigo. Mas este era o lado ruim de sua profissão. Proteger pessoas inocentes de males, por vezes coloca os inocentes de sua própria família em perigo. Isso ocorre com juízes, missionários em inúmeros países, policiais e com qualquer um que se levanta para combater injustiças.

CAPÍTULO 25

No verão de 1980, Smith tinha 9 anos e estava dentro de um carro estacionado em frente à sua casa. O menino, juntamente com o pai e o avô, partia para mais uma pescaria no Rio Hudson. Tudo estava preparado para o passeio, porém, de última hora, Philip foi solicitado para comparecer na empresa. Sem opção, George e o garoto seguiram sozinhos rumo ao rio.

O dia estava lindo. Os dois apreciavam o silêncio do local. Com as águas calmas, era possível escutar o bater de asas de um mosquito.

– Segure assim – dizia o avô, ajudando o menino a pegar melhor a vara de pesca.

Smith estava pensativo, era como se algo o incomodasse. Sem demora, perguntou ao avô:

– Vovô, eu gosto de pescar. Mas porque eu gosto de pescar é justo machucar um peixe?

George mexeu o boné para frente e para trás. Em silêncio, refletiu por alguns segundos na questão. Afinal, aquela era uma pergunta interessante. O homem segurou a respiração por alguns segundos. Depois, soltou de uma vez só o ar dos pulmões.

Por algum motivo, George contou ao menino uma pequena história. É bem verdade que aquela não foi uma história própria para uma criança. Mas fato é que Smith jamais a esqueceu. Essa história, apesar de forte, expressa a complexidade na qual por vezes nossas vidas se encontram. Disse-lhe o sábio avô:

– Uma família viajava de férias. Estava o pai, a mãe e o filho. Eles foram acampar em um lindo chalé. Em um dos passeios, o grupo foi atacado por

um urso. A fera faminta lhes obrigou a fugir. Desesperados, correram até que se depararam com uma velha ponte que caía aos pedaços. O pai correu na frente para testar a passagem. Ao chegar do outro lado, esperou sua esposa e seu filho.

Mas, quando os dois se aproximavam do homem, a ponte se rompeu do outro lado. Em um ato desesperado, o pai deitou-se e segurou o filho em um dos braços e a esposa no outro.

Aquele homem sabia que não conseguiria segurar os dois por muito mais tempo. Olhando nos olhos da esposa e do filho, ele teria que tomar uma decisão: ou ele pulava junto com a família rumo ao fundo do abismo ou soltava um dos dois.

George, olhando para seu netinho, perguntou-lhe qual era a coisa certa a se fazer nesta hora. O pequeno não soube responder. George olhou nos olhos do neto. Com uma sensação de tristeza, em pensar que no futuro seu precioso menino pudesse vir a passar por alguma – ou mesmo várias – situações tão complexas quanto esta, lhe disse:

– Em alguns momentos de nossas vidas, teremos que tomar decisões difíceis. Nessas horas, seremos guiados pelos nossos instintos e nosso caráter.

No ano seguinte, George faleceu. Ele foi baleado em serviço quando protegia uma mulher e seu bebê de um ex-marido violento e vingativo. A serviço da sociedade – para proteger uma mulher que não era a sua ele deixou uma esposa. Para proteger um filho que não era o seu, ele deixou dois filhos e dois netos.

– Em alguns momentos de nossas vidas, teremos que tomar decisões difíceis. Nessas horas, seremos guiados pelos nossos instintos e nosso caráter – repetiu Smith, em voz baixa.

CAPÍTULO 26

Virando na Rua 72, o detetive achou uma vaga na esquina com a Quinta Avenida. Chegando no prédio, pegou o elevador que o levou até a cobertura. Apertou a campainha e esperou por alguns segundos. A empregada abriu a porta. Smith falou de seu intento em conversar com a Sra. Elizabeth. Com semblante muito abatido, a mulher lhe informou que a esposa do médico fora com Christopher ao hospital. O rapaz não se sentia muito bem, e precisou realizar alguns exames de emergência.

Smith sentiu que realmente a empregada estava profundamente triste. Juntando isso aos comentários de Terry – sobre a saúde frágil de Christopher – concluiu que seria bem provável que o jovem realmente estivesse debilitado. O detetive compreendeu então que aquele não seria o momento ideal para interrogar a Sra. Elizabeth.

Arthur abria a porta do Mustang GT, quando seu celular tocou. O número era desconhecido.

– Alô!

– Vá até o *The Mall* – a voz era calma. Aquele definitivamente não parecia ser um convite da morte. – Tu, tu, tu – fim da ligação.

Smith olhou para os lados. Alguém o observava. Ele retirou a chave da tranca. Ao seu lado esquerdo estava o Central Park. Apenas a Quinta Avenida o separava do misterioso convite. Seus olhos se elevaram aos céus. Smith tinha certeza de que a ligação tinha a ver com o caso.

"Quem será? Pense, Smith. Qual é o risco? Devo chamar reforços? Por que a pessoa não me solicitou o padrão: venha sozinho?"

Smith deu uma olhada na foto enviada por Bill.

– Que droga! – resmungou.

Acionando o alarme do carro, ele se dirigiu ao *The Mall*. Seu dia fora muito agitado. Para piorar as coisas, suas emoções – que estavam à flor da pele – o impediam de pensar ordenadamente. O detetive caminhava cautelosamente. Seus olhos atentos, escaneavam tudo ao seu redor.

Enquanto caminhava, observava o ambiente. Havia ali uma brisa suave que fazia as folhas das árvores moverem-se de um lado para outro. Por entre os galhos, era possível ver os raios de sol.

Em nossas vidas, existem algumas coisas que sempre vemos, mas é somente em alguns momentos específicos que conseguimos parar e observar toda a beleza que elas nos proporcionam.

Durante o trajeto, Smith viu um velho caminhando. O idoso andava vagarosamente. Ele utilizava uma bengala para escorar-se. O homem usava uma boininha muito charmosa. Dos lados da cabeça, os seus cabelinhos grisalhos davam-lhe uma aparência graciosa. As marcas dos muitos anos vividos estavam estampadas em sua pele enrugada. Suas pernas debilitadas, com certeza já não mais lhe dariam o prazer de uma corrida.

Ao longo dos anos, podemos perceber como o tempo passou rápido. Para aquele simpático velhinho, a vida já se aproximava do fim.

Alguns metros à frente, Arthur viu um casal que caminhava de mãos dadas. O homem, com sua barriga alguns centímetros fora do padrão ideal, andava ofegante. Ele transpirava muito. Sua vestimenta – uma camiseta de malha – estava ensopada. Do seu lado, estava a esposa. A mulher falava sem parar. Ela – visivelmente muito mais em dia com a boa forma – ditava o passo da caminhada.

Qual será o segredo para manter um casamento saudável? A mulher ainda com a matraca aberta, olhou para o marido. Ela viu o suor que escorria pelo rosto dele. Com a mais plena naturalidade, pegou a toalhinha que estava presa na cintura do homem, e passou na testa dele. Em nenhum momento ela parou de falar. O homem apenas resmungava alguns sons dizendo se concordava ou não. É... realmente o amor se reflete em pequenos gestos.

Smith ouviu um barulho vindo dos céus. Lá nas alturas um lindo pássaro emitia uma espécie de canto. De asas abertas, a ave plainava pelos ares. Totalmente livre e satisfeita com sua condição, ela aproveitava cada segundo de sua liberdade.

Seguindo seu caminho, Smith avistou um casalzinho de adolescentes. Sentados em um banco, os namorados compartilhavam os fones de ouvido. Em perfeita sincronia, suas cabeças vagarosamente se mexiam conforme o ritmo da música.

A música tem o poder de nos transportar no tempo e no espaço. Ela nos traz alegria e satisfação. A música tem o poder de emocionar todos aqueles que se rendem à sua presença.

Já no *The Mall*, Smith observou uma criança que estava em um carrinho de bebê. O pequeno sorria enquanto brincava com um ursinho de borracha. Como é lindo o sorriso de uma criança. Sem as preocupações da vida, o menino alegrava-se com o passeio.

Foram estas coisas que Smith conseguiu perceber durante sua trajetória ao *The Mall*.

Ao chegar no meio do lindo corredor de árvores, Smith avistou um banco que estava vazio. Indo até ele, Arthur se sentou.

"Onde está você?", perguntava-se, com os olhos pairando em todas as direções.

"Pode ser qualquer um!"

Enquanto esperava algo acontecer, o detetive retirou do bolso seu caderno de anotações. Por alguns segundos, fechou os olhos e respirou fundo. Tornando a abri-los, concentrou-se no caso.

– Já tenho todas as peças de que preciso. Só me falta montar o quebra-cabeça. No relógio, está gravada a frase que é o título de um artigo de Hanson. A carta continha o "Decreto do Rei". O decreto também está no artigo de Hanson. Hoje à tarde, recebi a matéria que falava sobre a cura de JY-1 MIND através da planta "Plax". O informe também apresentava algo sobre a "Plax" ser um veneno mortal e imperceptível.

– Depois de minha conversa com Terry, confirmei que de fato Dr. Eliot buscava a cura de JY-1 MIND para seu filho Christopher, por meio da planta "Plax". Também constatei que ele acabou descobrindo que a "Plax" poderia ser um veneno mortal. Em virtude disso, o doutor decidiu destruir todas as evidências do veneno. Também descobri que ele viajou hoje a Berlim para divulgar alguns destes dados.

– O que mais eu sei?... Ah, sim! Terry também me relatou que Dr. Eliot era amigo do senador Brouks. O senador era quem financiava as pesquisas. Antes de destruir todos os dados sobre a Plax, o doutor informou a Brouks sobre sua decisão. Descobri que o senador viajou a Paris por questões políticas.

Passando a mão na cabeça, Smith resmungava consigo mesmo:

"Sinto que estou muito próximo da verdade. Mas ainda tenho três dúvidas: 1. Quem vai morrer? 2. Quem vai matar? 3. E onde Sr. Willson se encaixa em tudo isso?"

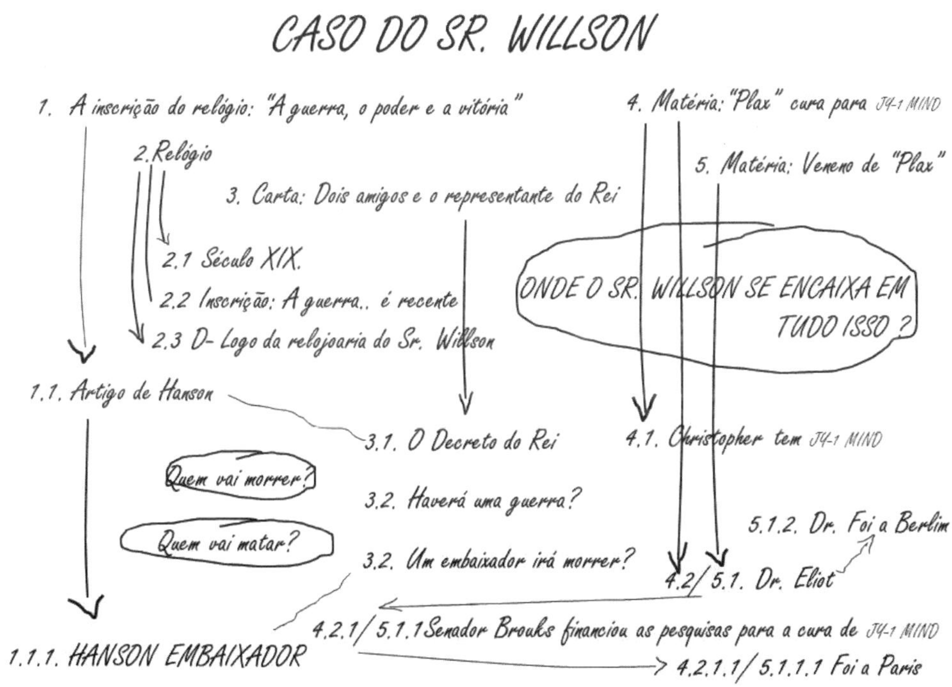

– Vejamos. A carta falava da morte de um embaixador. Pela inscrição do relógio, sei que a vítima pode vir a ser Hanson. Bem, como a matéria falava sobre o veneno da "Plax", talvez ele possa vir a ser envenena... - Smith hesitou. - Oh! Droga!

O detetive emudeceu. Seus batimentos cardíacos aceleraram. Sua respiração estava ofegante. Sua mão, que até então segurava firmemente a caneta, deu uma leve tremida.

- Acho que entendi tudo! - exclamou. - Hanson será assassinado com o veneno da "Plax".

"Que droga!"

- O problema é que não tenho nenhuma prova disso - resmungava ele, movendo a cabeça como forma de insatisfação.

CAPÍTULO 27

Agora, convicto de ter solucionado o caso, Smith guardava seu bloquinho no bolso, quando olhou para o lado direito e avistou o perigo. De lá, vinha um homem muito suspeito. O brutamonte parecia ser um matador profissional. Estilo holandês. Cabelo ruivo. Devia medir uns 2 m de altura. Usava uma camisa azul, shorts e tênis. Não era possível ver seus olhos, pois eles eram obscurecidos pelas lentes dos óculos escuros. À primeira vista, o holandês realmente parecia estar apenas no meio de uma caminhada. Como eu disse: à primeira vista. Smith deu uma segunda olhada.

Os instintos do detetive o alertaram do perigo: Aquele gigante estava ali para matá-lo.

"Será que errei tanto assim em minhas conclusões?"

"Mais uma pessoa morrerá."

"É, Smith... ao que tudo indica, desta vez você errou feio!

Que droga! Como não me liguei nisso antes: Eu é que sou o alvo!

Preciso sair daqui."

No mesmo instante em que Smith se levantava para ir embora, quase não acreditou no que aconteceu. Ele foi atingido de raspão. O tiro passou muito próximo do seu ombro esquerdo. O projétil chegou a rasgar a manga do terno.

Mas, para sua surpresa, não foi o brutamonte que puxou o gatilho. O autor do disparo estava a alguns metros do grandalhão. Devia medir aproximadamente 1,75 m. Era sisudo. Usava uma camisa gola polo branca. Nas coxas, desfilava uma bermudinha bege. O mais irônico é que o *tampinha* usava sandálias nos pés. *"Que tipo de matador usa sandálias?"*

Vendo que a coisa só iria piorar, Smith projetou seu corpo, e pulou por cima de uma cerquinha que estava atrás de si. A cena foi bizarra. Mas, enfim, melhor isso do que tomar um tiro. Rolando pelo gramado, ele podia ouvir os tiros sendo disparados em sua direção. Apoiando-se nos braços, Smith se reergueu, e correu para trás de uma árvore.

Sem perder tempo, o holandês colocou a mão para trás e sacou uma Glock que prendia na cintura do shorts. Smith estava certo: o brutamonte estava ali para matá-lo. Tiros e mais tiros eram disparados em sua direção. As pessoas que ali estavam, gritavam desesperadas.

– Que droga! – bradou Smith. Um tiro acertou sua coxa esquerda. – Abaixem-se! – gritava ele para os civis, no intuito de protegê-los. Vendo que as pessoas já não estavam mais em sua linha de tiro, o detetive sacou sua Smith & Wesson 5946, e começou a revidar.

A situação estava complicada. Os matadores começaram a se projetar cada vez mais perigosamente. O tronco da árvore em que Smith se refugiava, mais parecia uma escultura sendo entalhada a balas. Eram furos, riscos, e lascas sendo arremessadas para todos os lados.

– Isso não vai acabar bem! – resmungava ele. Em pouco tempo, sua munição já estava acabando. – Toma seu desgraçado! – comemorava Smith por ter atingido o holandês no ombro. O grandalhão furioso arremessou os óculos no chão. Deu um alto brado e decidiu correr na direção de Smith. O holandês estava pronto para arrebentá-lo com as próprias mãos. Mas, antes que pudesse dar o segundo passo, precisou recuar de volta ao abrigo. Um novo tiro fez a articulação de seu joelho se partir em pedaços. A fera deu um novo brado.

Este segundo tiro que lhe atingiu, não foi disparado pela arma do detetive. Dois policiais que patrulhavam as redondezas do parque ouviram os disparos e agora já trocavam tiros com os criminosos.

"Ufa! Até que enfim a cavalaria chegou. Mas preciso sair daqui. Só tenho mais uma bala no pente."

Smith ameaçou correr por duas vezes. Na terceira, ele se foi.

– Oh, merda! – esbravejou. Smith sentiu uma pontada estranha no lado direito do abdômen.

"Continue correndo! Agora falta pouco!", dizia a si mesmo. Mesmo sentindo muita dor, ainda não podia parar. Faltavam ainda alguns passos para chegar ao destino.

– Consegui – comemorou, aliviado. O detetive sentou-se no chão, escorando-se em uma estátua de concreto. – Vamos ver como está isso aqui. – O sangue manchava todas as peças de roupa. Na barriga, um furo. Já na perna, eram dois. A bala que atingiu a coxa atravessou a carne e saiu do outro lado.

CAPÍTULO 28

Foi nesta hora que Smith sentiu uma mão segurando-o calmamente por debaixo do braço. O rapaz devia ter 1,80 m. Ele não aparentava ter muito mais que 30 anos. Porte atlético. Cabelos levemente cacheados.

Seu cheiro era familiar. O perfume que usava tinha uma fragrância amadeirada. Smith já o sentira antes, mas devido à forte dor, não conseguiu se lembrar onde inalara aquele aroma. Ajudando-o a se levantar, o jovem lhe disse:

– Venha comigo, detetive!

Não houve dúvidas. Aquela era a voz misteriosa que o chamara ao *The Mall*. O rapaz conduziu Smith para longe da linha de tiro.

– Por aqui, detetive, aguente firme – sussurrava o garoto. Depois de carregar Smith por alguns metros, o jovem o colocou sentado em um banco. Sem dar explicações, o rapaz pegou seu celular e informou à emergência sua localização.

Smith analisou o perfil do rapaz. Com certeza era o homem da foto que Bill mandara. O detetive, que até aquele momento não pronunciara uma palavra sequer, perguntou-lhe com voz ofegante:

– Quem é você?

O rapaz retirou a camiseta e a colocou sobre o ferimento do policial. Encarando-o nos olhos, respondeu:

– Por enquanto, me chame apenas de jornalista.

Com uma voz calma, o jornalista lhe contou os fatos:

– Detetive, na manhã do dia 13 eu realizaria uma entrevista com o senador Antony M. Brouks. Assim que entrei no gabinete, sorridente ele levantou-se de sua cadeira e veio me cumprimentar. Quando me sentei, vi em meio aos diversos papéis que estavam em cima da mesa, um pequeno checklist. Pela caneta destampada que estava ao lado do papel, pude perceber que fora escrito momentos antes de minha entrada no local. Assim que Brouks se sentou, a primeira coisa que fez foi pegar o papelzinho e colocá-lo na gaveta. Mas, com meus sentidos muito aguçados, pude ler duas anotações do bilhete: Plax e Paul Hanson. Nossa conversa prosseguiu naturalmente. Depois que saí do local, aquelas palavras consumiram por completo os meus pensamentos. Ainda pela manhã, peguei meu carro e voltei a Nova Iorque. Fui imediatamente até o jornal no qual eu trabalho. Lá, a primeira coisa que fiz foi pesquisar sobre a planta "Plax". Logo de imediato, encontrei informações de que Dr. Eliot fazia pesquisas sobre a tal planta. Lendo o último artigo dele, constatei que ele descartara a chance de se chegar à cura de JY-1 MIND através desta. Depois, investiguei o nome de "Paul Hanson", mas não consegui nenhuma ligação entre ele e a "Plax". Decidi ir ao laboratório do Dr. Eliot. Consegui, por meio da secretária do local, ter acesso à sala do doutor. Revirando o lixo, encontrei alguns picotes com a inscrição "Plax". Joguei todo o conteúdo da lixeira em minha mochila. Após remontar a folha, dei-me conta de que aquele era o último vestígio que revelava que a "Plax" era um veneno mortal. Durante a tarde, fui até minha casa. De imediato, notei que a porta estava arrombada. Ouvi um barulho na cozinha e saí correndo. Consegui ver um homem que parecia holandês, de terno e óculos escuros. Assustado, entrei em meu carro e fugi. Parando em uma rua deserta, comecei a pensar melhor no que eu me meti. Após uma breve reflexão, dei-me conta de que aquelas anotações que li, eram na verdade um plano de assassinato. Porém, eu não tinha nenhuma prova disto. Concluí que devido ao poder do senador Brouks, não poderia contar nada à polícia.

– O senhor está bem?

– Sim – afirmou Smith, com um semblante de dor. – Prossiga.

– Ok. Já estou quase acabando. Na manhã do dia 14, fui ao apartamento do Dr. Eliot. Lá, encontrei no closet do casal uma caixa com alguns CDs. Em uma destas mídias o doutor, muito precavido, gravara uma conversa que teve com Brouks. Nesta, o senador lhe pedia uma amostra do veneno da "Plax". Em troca, o político financiaria as pesquisas para cura de JY-1 MIND. Desesperado para curar seu filho, ele consentiu e entregou a Brouks uma amostra do veneno. Na caixa havia uma segunda gravação, também em vídeo, feita no laboratório, de quando o doutor entregou o veneno ao senador. A substância estava em um vidrinho marrom com conta-gotas. Ele deu uma instrução a Brouks de que o composto deveria ser diluído em uma bebida.

Tomando fôlego o rapaz concluiu:

– Por fim, descobri que Brouks e Hanson eram grandes amigos, mas Brouks, por motivos pessoais, passou a odiar Hanson.

Neste momento, o jornalista abriu sua pasta e retirou dela algumas coisas.

– Aqui estão as cópias das gravações e do documento que fala da "Plax" como veneno. Desconfio que se Brouks pretende envenenar Hanson, ele não fará isso dentro da embaixada. A esta altura, eles devem estar jantando. Esse será o momento propício.

Após discar um número em seu celular, o jornalista entregou o aparelho ao detetive.

– Não tenho certeza se um crime de fato vai acontecer. Porém, agora deixo em suas mãos a escolha do que fazer.

Após dizer estas palavras, o jovem virou-se, projetando-se para ir embora, quando o detetive lhe perguntou:

– Qual é o seu nome?

O jornalista, tornando a olhar para o detetive, declarou:

– James. James McCarthy.

Foi nesta hora que Smith lembrou-se do cheiro que sentira em McCarthy. Aquela era a mesma fragrância amadeirada que ele sentira no apartamento do Sr. Willson.

CAPÍTULO 29

Paris, casa do embaixador Hanson.

– Não, o prazo expira amanhã. Se ele não for agora, creio que não conseguirá mais – dizia Hanson, no telefone de seu escritório.

Enquanto isso, sua esposa Mary lavava a louça na cozinha.

– Pode deixar que eu preparo – disse Brouks com a chaleira nas mãos, enchendo-a com água. O senador tinha uma voz firme.

– E sua esposa, como está?

– Daiane está bem. No ano passado ela iniciou um projeto em Nova Iorque com meninas órfãs. Segundo ela "Nada ajuda tanto quanto ajudar".

– E os filhos?

– Luke está no segundo ano de Harvard. Kathy está noiva.

– Nossa! Como o tempo passa rápido. Em um dia, os pegamos no colo, e no outro, eles já estão na faculdade e casando-se. – Olhando para o relógio da cozinha ela soltou: – Ops! E por falar em tempo. Se não se importa, preciso voltar ao meu tricô, caso contrário, meu futuro netinho não terá um manto da vovó para o frio.

– Sim, claro. Fique à vontade. Aqui já está quase pronto.

– Certo. Se precisar de algo é só chamar. – Deixando a cozinha, Mary dirigiu-se até a sala.

A chaleira começou a apitar. O vapor saía pelo bico. Brouks lentamente desligou a chama.

CAPÍTULO 30

Manhattan, Nova Iorque.

No visor do celular que James deu para Smith, aparecia: Gabinete do Hanson.

Por breves segundos, Smith teve flashes dele e de Mark procurando Pepperoni; dos dois pescando com seu avô; das entregas de jornal realizadas pelo bairro; da banda na adolescência; momentos na Guerra. Mas, essas boas lembranças logo deram lugar à visão em sua mente da grande discussão que tiveram. Como Smith odiou Mark por sua escolha. Mas, ele seria capaz de desejar a morte de seu amigo? Um ser humano chegaria a esse ponto?

Após breves segundos... Arthur resolveu dar o benefício da dúvida ao jornalista... Apertou o botão, e chamou o número.

– Por favor, atenda! ... – Alô. Robs?

– Sim.

– Aqui é o detetive Smith.

– Olá, detetive. Em que posso ajudá-lo? – disse a moça, que já se preparava para ir embora.

– O embaixador ainda está aí?

– Não. Ele e o senador Antony Brouks saíram a cerca de uma hora rumo à casa dele, para jantarem.

– Oh, droga! – sussurrou Smith. – Robs, preciso que você fique calma, me escute com muita atenção e faça tudo o que eu lhe disser. O embaixador corre risco de ser envenenado pelo senador Brouks. Não temos tempo para explicar tudo à polícia francesa. Agora você é a única que pode salvá-lo.

– Ok – respondeu a moça, ofegante.

– Assim que desligar o telefone, preciso que você vá imediatamente à casa do embaixador. Quando chegar lá, avise aos seguranças para imobilizarem o senador. Não deixe que Hanson beba nada. Preciso que você procure, ou com Brouks ou na casa, um frasco de remédio marrom. O vidrinho tem um conta-gotas. Se estiver vazio, lacre o conteúdo de qualquer copo que Hanson esteja por tomar. Você entendeu?

– Sim – asseverou.

– Ok. Vá!

CAPÍTULO 31

Paris.

Desligando o telefone, Robs respirou fundo e fez exatamente como o detetive lhe indicara. A secretária saiu correndo da embaixada, pegou sua motinho e foi à casa do embaixador. Ao chegar lá, chamou os seguranças. Ela lhes repassou as ordens transmitidas por Smith. Batendo na porta, aguardou.

Após alguns segundos, Mary – com a manta de tricô nas mãos – a abriu...

– Onde eles estão? – perguntou a ofegante secretária.

– No escritório. Mas o que está acontecendo, Robs?

– Vamos! – disse ela aos seguranças.

Ao abrirem a porta do cômodo no qual o embaixador e o senador estavam, tanto ela quanto os seguranças ficaram totalmente estáticos. Eis a cena que viram: Hanson e Brouks estavam sentados, um de frente para o outro. O embaixador segurava em uma das mãos um pires, e na outra, uma xícara que estava muito próxima dos lábios.

A moça muito assustada e com voz embargada, perguntou:

– O senhor tomou o chá?

O embaixador, sem entender o que estava acontecendo, respondeu:

– Ainda não... Por quê?

Imediatamente, os seguranças foram para cima do senador Brouks, que muito irritado, bradava energicamente:

– Me larguem, seus incompetentes! Vocês vão se arrepender por isso!

Hanson por sua vez, empurrava os guarda-costas e lhes proferia:

– Larguem-no! O que vocês estão fazendo?

Um dos seguranças revistou Brouks. Ao colocar a mão no bolso da calça, retirou de dentro o frasco.

– Encontrei! – anunciou. – Mas está vazio!

Robs, segurando o embaixador pelo braço lhe disse:

– Senhor, este homem tentou lhe envenenar!

– O quê? – indagou Hanson. Totalmente consternado, o embaixador não falou nada. Cabisbaixo, dirigiu-se à janela. Olhando para fora, escorou-se em seu braço. Após alguns segundos, ordenou aos seguranças:

– Tirem-no daqui!

Robs pegou a xícara e a guardou. Depois chamou a polícia francesa.

Xeque-Mate.

CAPÍTULO 32

Neste momento, na *Big Apple*, os socorristas chegavam até o detetive e começavam a lhe dar os primeiros socorros.

– Por favor, preciso dessas coisas – dizia Smith, apontando para as provas deixadas pelo jornalista. Uma sonolência foi tomando conta do seu corpo.

– Vai ficar tudo bem! – garantia um dos médicos, colocando uma máscara de oxigênio no policial.

Horas depois, Smith acordou em uma sala de recuperação no *Hospital Presbyterian New York*. Seu corpo ainda estava dolorido. Em seus braços estavam fincados tubos. Diversos fios o conectavam a monitores.

Parado à sua frente estava um médico. O cirurgião moveu a luz de uma lanterninha nos olhos do detetive:

– Tudo bem?

– Sim – respondeu Smith, com a boca seca.

– Que susto você nos deu, hein?

Smith esboçou um sorriso.

– Você teve muita sorte, detetive – prosseguiu o médico. – Um dos projéteis o atingiu no abdômen. Felizmente, nenhum órgão vital foi atingido. Suturamos o ferimento. O segundo tiro atravessou sua coxa. Por muito pouco... Mas por muito pouco mesmo, o tiro não rompeu sua artéria. Mas como eu disse, detetive... O senhor teve muita sorte. Agora descanse um pouco. Você precisa.

– Ok – acatou o exausto paciente.

Ao abrir novamente os olhos, Smith percebeu que estava em um quarto. Anne dormia em uma poltrona.

– Vejamos... o que está passando nos noticiários? – disse ele baixinho, pegando o controle da TV.

Sintonizando na CNN. Uma repórter informava:

– A polícia de Nova Iorque, por meio do detetive Arthur Smith, evitou hoje a morte do embaixador americano na França, Paul Hanson. O crime seria cometido pelo senador Antony M. Brouks. Ao que as investigações indicaram, o senador Brouks utilizaria um veneno extraído da planta "Plax" como arma para o crime. Dr. Eliot, que era o principal estudioso da planta, também foi detido em Berlim e será investigado por uma suposta ligação com o atentado. Detetive Smith foi ferido por dois agentes da CIA após uma perseguição. Os homens foram contratados por Brouks para darem cobertura no crime. O detetive passou por uma cirurgia e agora se recupera no hospital...

O barulho da televisão fez Anne acordar. Ela se levantou e dirigiu-se à cama.

– Olá, meu amor, você se sente melhor? – perguntou ela, dando-lhe um beijo.

– Sim. E você, como está?

– Estou bem, apesar... do susto que você me deu – disse ela, sorrindo.

– Onde estão os garotos?

– Na casa dos seus pais. Amanhã eles virão vê-lo.

Anne levantou-se e foi até o armário.

– O médico que o socorreu guardou para você.

Ela lhe entregou as provas que estavam em um plástico.

– Oh, claro. Isso é muito importante.

Smith e Anne passaram várias horas conversando. Ele contou a ela tudo o que havia acontecido naquele dia.

CAPÍTULO 33

Durante o entardecer deste mesmo dia, James parou em frente à entrada do apartamento de Sr. Willson. Com lábios trêmulos e olhos lacrimejados, o jovem jornalista por alguns minutos ficou imóvel diante da lona que lacrava o imóvel.

James rompeu a lona e as fitas amarelas que impediam a entrada no apartamento. A passos lentos, caminhou até o interior do local. A porta outrora arrombada agora estava recostada em um dos cantos da sala.

"Paredes. Alguém já disse: elas constroem tanto prisões quanto hospitais. É, Sr. Willson, realmente o sentido não está nas paredes, mas no que está dentro delas. Para mim, este apartamento não tem mais graça sem sua presença..."

Parado diante da mesa da cozinha, McCarthy lembrou-se das partidas de xadrez que jogara com seu querido amigo. Quantas pizzas foram devoradas ali.

***

James devia ter uns 20 e poucos anos. O inverno era rigoroso. Altas camadas de neve cobriam as ruas. Sra. Sarah descansava no quarto, enquanto os dois deliciavam-se com uma pizza na cozinha.

O velho colocou a haste da taça entre os dedos. Na palma da mão, segurou-a como se fosse uma bola de beisebol. Deu uma breve mexida, e com um só gole, deu fim ao restinho de vinho tinto.

– Sua vez – disse ele.

James fixou os olhos no tabuleiro. Após alguns segundos, impulsivamente mexeu o cavalo.

O velho o olhou por cima dos óculos.

– Você já comeu churrasco de carne de cavalo?

– Não. Por que a pergunta?

– Eu também nunca comi. Acho que teremos que perguntar o sabor para o bispo – disse o brincalhão Willson, enquanto retirava a peça em formato de cavalo do tabuleiro.

– Droga – resmungou o jovem.

– Se você deseja fazer algo bem feito, o faça.

James pensou rapidamente no enigma.

– Não entendi o que o senhor disse.

– Você não está totalmente concentrado no jogo, James. Por isso cedeu o jantar ao bispo.

Os dois se olharam. O silêncio pairou no ar por alguns segundos. O velho soltou a gargalhada. A risada acordou Sarah. Como aquela risada era pura e contagiante. James não segurou o bico. Por um longo tempo o velho e o jovem riram da analogia.

***

Seguindo pelo corredor, James foi até o escritório. Ao entrar, se deparou com a foto de Sr. Willson juntamente com sua esposa inaugurando a relojoaria. Sra. Sarah sempre o tratou com muito amor. Como a morte dela foi dura para Sr. Willson.

James tomou o porta-retratos nas mãos, retirou a gravura e a colocou no bolso. Ele também recolheu a foto que estava na estante, na qual Sr. Willson e Danny estavam fardados.

Segurando seu choro, o jornalista caminhou lentamente rumo ao quarto. Ao chegar na porta, lembrou-se da imagem de seu velho amigo deitado já sem vida. Por alguns segundos, parou e fechou os olhos. Tremendamente abalado, o jovem escorou-se na parede.

Sua vontade era de gritar: Por quê? Por que o Sr. Willson?

Abrindo os olhos, caminhou para perto da cama.

A cada passo, a dor gerada pela saudade cobria-lhe os pensamentos. Sentando ao lado da cama, lembrou-se das palavras do velho Sr. Willson ditas na última noite em que estiveram juntos: "*No bidê, ao lado cama...*"

– Quais eram as outras palavras? – resmungou ele tentando lembrar-se sem sucesso.

O jornalista abriu a gaveta. Ao ver que não havia nada dentro, tirou-a para fora. Na parte inferior da mesma, havia um compartimento secreto. Ao mover uma tabuinha, a tampa de baixo se abriu.

Com delicadeza, James retirou dali um pequeno diário. O livrinho era de capa verde. Por sua aparência desbotada, poderia deduzir que era muito antigo. Na capa, havia algumas manchas.

James sentou-se no chão, ao lado do bidê, e passou a ler o caderno.

CAPÍTULO 34

Estou escrevendo este diário para caso eu não venha a sobreviver a esta guerra, fique aqui registrado minha breve história de vida.

Ass.: John Willson

Meu pai é um típico americano do Cansas. Filho de ingleses abastados, sempre foi muito disciplinado. Na juventude, mudou-se para Nova Iorque. Foi nesta linda cidade que conheceu uma moça. Ela era filha de um rico banqueiro. Apesar de meu pai pagar o dote, ele ainda precisou trabalhar por dois longos anos em uma das fazendas do futuro sogro, para poder conquistar a mão da moça. O arrogante banqueiro disse que era isso ou nada feito. Segundo meu pai me contou, ele nunca se sentiu tão cansado na vida. Ele fazia todos os dias o trabalho que três homens fariam. Um dia, perguntei a ele se valeu a pena. Ele deu uma olhada para minha mãe, e disse:

– Por ela eu trabalharia até a morte.

Meu pai não herdou um centavo do dinheiro do sogro. Meu tio ficou com todo o império. Mas não foi pelo dinheiro que ele casou. Como eu disse, meu pai era muito disciplinado. Ele se tornou um grande empreendedor. Logo no primeiro ano de casamento, meu irmão, Danny, nasceu. No ano seguinte, foi a minha vez. Quando pequenos, nossa rotina diária girava em torno de estudos e muitas aventuras.

Na adolescência, nos tornamos rapazes populares. Junto com nossos amigos: Charlie, Martin e Pierre, montamos um pequeno clã. Os pais de Pierre eram franceses. Por esse motivo, o encarregamos de conseguir comida. Charlie era responsável por encontrar lugares onde pudéssemos nos divertir. Martin era negro. Ele era filho da nossa empregada. Muitas vezes, éramos maltratados por tê-lo no grupo. Danny nunca aceitou os xingamentos feitos a Martin, e sempre brigava para defendê-lo.

Nesta época, Danny se apaixonou por uma moça chamada Michele. A mãe dela morrera após dar à luz à moça. Os dois eram completamente apaixonados. Danny planejava pedir Michele em casamento. Ele está guardando dinheiro para comprar um anel de noivado.

Após o ataque a Pearl Harbor, eu e Danny decidimos nos alistar. Não sabíamos o que nos esperaria no combate, mas o prazer de servir nossa pátria nos motivava. Houve uma noite em que meu pai chamou meu irmão para conversar. Até hoje não sei sobre o que eles conversaram durante aquelas duas horas. Na ocasião, meu pai deu a Danny um lindo relógio de bolso. Danny sempre o usava pendurado no pescoço.

Lembro-me que no dia em que partiríamos, Michele foi com seu pai despedir-se de Danny. Ela estava muito triste. Meu irmão e ela se beijaram na frente de todos. Ninguém os impediu. Acho que pelo medo de que Danny não sobrevivesse à guerra.

Minha mãe não conseguia parar de chorar. Danny disse a ela que cuidaria de mim. Ele me deu um cascudinho na cabeça e disse:

– Vamos, maninho.

Já faz três meses que estamos em treinamento. Sinto muita saudade dos meus pais. Danny consegue suportar tudo isso muito melhor do que eu. Nossos superiores sempre dizem que ele terá um futuro promissor nessa carreira. Todos os dias ele me faz rir com suas histórias. Mas, apesar do apoio, não me sinto bem. Não sei ao certo como explicar meus sentimentos, mas dentro de mim, sinto que muitos de nós não retornaremos para nossas casas.

A partir deste ponto do livro, James percebeu que a forma com que Sr. Willson descrevia os fatos indicava que ele os havia acrescido depois da guerra.

No dia 6 de junho de 1944, saímos em navios da costa sul da Inglaterra. Todos nós estávamos quietos. No fundo, sentíamos medo. Porém, tentávamos nos controlar.

Quando James leu as anotações do dia D, não pôde mais conter seu choro. Em meio à leitura, muitas lágrimas banhavam seu rosto e molhavam o caderno.

Com lágrimas fora escrito e com lágrimas fora lido.

James levantou-se, guardou o livretinho no bolso, e recolocou a gaveta no lugar. Após sair do apartamento, subiu até o andar de cima onde morava Sra. Sanders. O jornalista suavemente bateu na porta.

James pôde ouvir a voz da idosa dizendo:

– Só um minuto.

Ele também sentiu o cheirinho dos cupcakes por entre a porta. Passados alguns instantes, a porta se abriu.

– Olá – disse James, com a voz presa.

Sra. Sanders lhe deu um forte abraço.

– Entre, meu querido, estou fazendo seus cupcakes preferidos.

Enquanto a mulher foi até a cozinha pegar a forma contendo os doces, James sentou-se no sofá. À sua frente, na estante, observou a foto em que estavam os quatro: Sra. Sanders e seu esposo, Ernest, ao lado de Sr. Willson e sua esposa, Sarah. Foi ele quem os fotografou.

Voltando para sala com os doces que fizera com tanto carinho, depositou-os sobre a mesinha.

– Eu sabia que você viria. Fiquei preocupada quando vi os noticiários.

James não lhe respondeu. Ele estava quieto. Seus olhos ainda permaneciam marejados.

Sra. Sanders sentou-se ao lado dele. Pousando a mão sobre o ombro do rapaz, tentou confortá-lo:

– Não se culpe. Você fez o que era certo.

– Eu não estava lá quando ele mais precisou – desabafou o jornalista, já com choro e soluços. Era nítido seu remorso. – Se eu não tivesse ido àquela maldita reunião com Brouks...

A mulher olhou-lhe nos olhos. As lágrimas também escorriam por sua face:

– Não havia nada que você pudesse ter feito – tranquilizou.

– Desculpe por não ter lhe explicado tudo. Eu não podia me aproximar de vocês. Tive medo que Brouks pudesse lhes fazer algum mal.

– Tudo bem, você salvou a vida daquele homem.

Os dois conversaram por horas. Agora, Sra. Sanders era a única pessoa com quem James tinha um relacionamento mais profundo.

CAPÍTULO 35

Na manhã seguinte, os pais de Smith foram visitá-lo no hospital. Eles estavam acompanhados de Helen, Brian e Andrew.

– Papai! – disse o pequeno entrando no quarto.

Smith abriu os braços e aconchegou o caçula.

– Você está bem? – perguntou o maior ao pai.

Smith abraçando Brian, respondeu:

– Sim. E você?

– Estou bem.

Os dois meninos ficaram sentados na lateral da cama.

Andrew, quieto, olhava o pai que estava com aquelas "mangueirinhas" enfiadas no braço. Smith percebeu.

– E você, Andrew, brincando muito com o avião?

– Uhum – respondeu o garoto, meneando positivamente.

O pequenino, apontando para os tubinhos, perguntou:

– Isso dói muito?

Todos que estavam no quarto fizeram caras e bocas de compaixão.

– Não, filhão. Isso aqui são só alguns remédios.

Após a explicação, o menino ficou mais tranquilo.

– Você me deu um belo susto – disse Loren, dando um beijo na testa do filho.

– Eu amo você – sussurrou o acamado nos ouvidos da mãe.

– Antigamente, íamos ao Central Park para passear, não para ver uma cena de filme de ação – brincou Helen, beijando-o no rosto.

– Nem me fale! – desabafou Smith. – Somente quando assisti aos noticiários é que consegui assimilar tudo o que aconteceu.

Philip colocou a mão sobre o ombro de Arthur e perguntou-lhe:

– E aí, rapaz, tudo bem?

– Estou sim, só minha perna ainda dói um pouco. E o senhor está bem?

– Sim, *sim*.

Por alguns instantes, Helen e Loren afastaram-se da cama para falar com Anne. Brian brincava com seu game de mão, enquanto o irmão ficava trocando os canais da TV com o controle.

Vendo o noticiário que passou rapidamente em um dos canais, Philip disse ao seu filho:

– Seu avô teria ficado orgulhoso pelo que você fez.

– Obrigado, pai.

***

Algum tempo depois que sua família fora embora, Carson foi visitar o detetive no hospital. A porta estava aberta e Smith estava sozinho lendo um jornal.

– Com licença – disse o policial.

– Oi. Entre!

– Então, como você está, detetive?

– Estou bem. Provavelmente amanhã já devo receber alta. E você, já se recuperou do susto?

– Ainda estou tentando entender tudo o que aconteceu – disse Carson, sorrindo.

– Assim que conseguir juntar todas as peças do caso, contarei a você o que de fato aconteceu – prometeu Smith.

– O pessoal do departamento mandou um abraço. Ah, e antes que eu me esqueça, os rapazes adiaram o jogo, até você se recuperar plenamente.

– Valeu! Aqueles caras... são uns figurões mesmo! – disse o detetive, exibindo um sorriso. – Foi muito bom ter você ao meu lado ontem – agradeceu Smith.

– A honra foi minha em poder lhe ajudar.

– Puxa! Eu gostaria de lhe apresentar à Anne. Mas ela foi para casa, ficar um pouco com os meninos. Vamos ver se marcamos um almoço com nossas famílias.

– Vamos, sim. Bem, preciso voltar ao trabalho, meu parceiro está me esperando na viatura. Só passei para ver como você estava.

– Ok. Obrigado por tudo.

– Boas melhoras.

Após essa breve visita, Carson se foi.

CAPÍTULO 36

Nesta mesma manhã, James foi novamente ao apartamento da Sra. Sanders. Ele estava trajado com um terno preto, uma camisa branca, gravata e sapato social. Ele bateu à porta. Após alguns segundos, a mulher lhe atendeu.

– Vamos! – chamou James.

– Deixe-me pegar minha bolsa – disse ela. A mulher usava um vestido e chapéu preto.

Saindo do prédio, os dois foram juntos ao enterro de Sr. Willson.

No carro, James percebeu que Sra. Sanders estava quieta.

– Tudo bem? – inquiriu ele.

– Sim. – Houve um momento de silêncio. Após alguns segundos, a pobre mulher que olhava as pessoas passarem na rua, completou: – Todos se foram. Por que a vida tem que ser assim?

James não tinha palavras que a pudessem consolar. Após uma pausa ele declarou:

– Lembro-me que quando Sarah morreu, perguntei se ele desejava que eu lhe fizesse companhia naquela noite... Ele me deu um tapinha nas costas, e então disse: "Sarah foi para casa. Eu ficarei na minha. Vá você também para sua".

Enfim, chegaram ao cemitério. De braços dados, caminharam rumo ao local onde o homem seria enterrado. O corpo de Sr. Willson descansaria ao lado do de sua esposa. No local havia alguns amigos e conhecidos do falecido.

Ao aproximarem-se, logo avistaram o Reverendo Steven.

Steven, que era amigo de Sr. Willson, declamou palavras muito singelas e memoráveis sobre o falecido:

– Willson, durante toda sua vida, me pediu apenas um favor... Lembro-me que ao final do enterro de Sarah, ele se dirigiu até mim. Apertando-me a mão, olhou-me nos olhos e disse: "Quando você fizer meu enterro, repita estas palavras"... Eu lhe prometi. Willson assentiu com a cabeça, e a lentos passos se foi. Jamais pude me esquecer daquele pedido.

Steven abriu sua Bíblia, e com a voz presa, leu:

"Não se perturbe o coração de vocês. Creiam em Deus; creiam também em mim. Na casa de meu Pai há muitos aposentos; se não fosse assim, eu lhes teria dito. Vou preparar-lhes lugar." (João 14:1-2)

Ao final do sermão, o jornalista depositou sobre o caixão as duas fotos que recolhera no apartamento do falecido. Em uma das imagens, Sr. Willson estava junto com seu irmão Danny. Os dois, devidamente fardados, sorriam. Na outra foto, Sr. Willson estava ao lado de sua esposa, Sarah, inaugurando a relojoaria.

Na lápide de Sr. Willson foram gravadas as seguintes palavras:

"Eis aqui um homem que viveu para fazer de sua vida um exemplo vivo do amor, da amizade e da honra."

★ *1926*

✞ *2009*

CAPÍTULO 37

Smith recebeu alta na manhã do dia 20. Já em casa, arrumava alguns documentos no escritório, quando sentiu fome e dirigiu-se à cozinha. No meio do percurso, percebeu que Hope estava deitado, quieto, próximo a uma estante.

Com tanta agitação, a família não percebera que o cachorro estava muito amuado. Ao ver o dono, Hope permaneceu deitado. Apenas seus olhos moveram-se na direção do homem.

– O que foi, amigão – indagou Smith, abaixando-se para acariciá-lo.

"Claro! O bumerangue na árvore", pensou Smith.

– Onde está sua bolinha?

Instantaneamente, ao ouvir a palavra "bolinha", como fogos de artifícios lançados ao céu, Hope levantou-se.

– Oh! Como pude me esquecer! – exclamou Smith, lembrando-se que o cão a perdera.

Hope começou a cavoucar o canto da estante à procura de algo. O móvel já estava todo arranhado pelas patas do animal. Movendo a pesada estante, Smith enfiou o braço no vão. Com muita dificuldade, encontrou a bolinha. Pegando-a na mão, mostrou a Hope.

O cão ficou de pé. Parado, frente a frente com o dono. Seus olhos eram guiados pelo movimento que Smith fazia com o objeto de um lado para outro.

– Olha só o que eu encontrei? Você quer? – perguntava o maldoso.

Era nítido o desespero contido de Hope.

Smith jogou o brinquedo para o cão. Hope saiu correndo. Lá foi a bolinha. Lá foi o cão.

Ao abocanhá-la, Hope subiu as escadas e a levou até Andrew.

Passados alguns segundos, pôde-se ouvir os gritos de alegria do menino, que descia os degraus com o objeto nas mãos seguido pelo fiel cão.

Smith empurrava a estante, colocando-a novamente no lugar, quando Andrew aproximou-se, empolgado, e falou:

– Olha, papai, Hope a encontrou! Ele a encontrou!

– Na verdade, ele jamais a perdeu, filhão. Ele apenas não conseguia pegá-la.

CAPÍTULO 38

Ainda no dia 20, Smith ligou para o jornalista James McCarthy, marcando uma conversa. O detetive pretendia esclarecer todos os pontos que ainda estavam em aberto no caso. Eles combinaram de se encontrar durante a tarde, no Central Park.

Quando Smith lá chegou, James já o aguardava sentado em um banco. Ao vê-lo, o jornalista levantou-se e o cumprimentou:

- Olá, detetive.

- Olá, McCarthy. Como você está?

- Estou bem. E o senhor? Já se recuperou?

- Estou me recuperando bem.

Os dois sentaram-se, e James logo lhe perguntou:

- Talvez seu principal interesse seja saber por que o senador Brouks desejava matar o embaixador Hanson.

- Esta é uma das respostas que procuro - afirmou Smith, dando um sorriso.

- Ok. Vamos lá! A história é interessante. Além dos fatos que já lhe relatei, não tive tempo de lhe contar algumas coisas. No dia 13, quando fugi dos capangas que estavam em minha casa, pesquisei na internet alguma ligação entre Brouks e Hanson. A única coisa que encontrei, foi uma matéria de jornal que falava sobre um jovem chamado Jeremy. Ele fora assassinado aos 18 anos durante um assalto no posto de combustível em que trabalhava. Ao lado da matéria, estava uma foto dele com mais três rapazes. Todos vestiam uniformes de atletismo. Eles venceram uma prova de revezamento quatro por quatro. Eis os nomes dos rapazes: Alex Stuart, Jeremy Blake, Antony Brouks e Paul Hanson.

Pesquisei sobre esse tal Alex Stuart e encontrei o perfil dele. Descobri que ele trabalhava descarregando cargas em uma empresa de materiais de construção.

***

Tarde do dia 13 de julho de 2009.

Bumm... O barulho foi violento. O grandão depositou um pesado saco de cimento dentro da caçamba do caminhão.

James aproximou-se cautelosamente.

– Olá! Você é o Alex?

– Depende. Quem deseja? – indagou o homem, com uma voz firme.

– James McCarthy. – Mão estendida à toa. O grandão não se deu ao trabalho de cumprimentá-lo. – Estou escrevendo um artigo sobre seu amigo Jeremy.

– Humm... – Alex pegou outro saco de cimento. Bumm... – Do que precisa?

– Tem tempo para um lanche?

O homem retirou o boné azul da cabeça. Secou a testa com a manga da camiseta. Aquele era um típico trabalhador braçal. Alto. Barba por fazer. Braços robustos. Trajava uma camiseta xadrez vermelha, e nas pernas usava calças jeans surradas.

O grandão encarou James nos olhos por alguns instantes. Colocando novamente o apetrecho na cabeça, gritou para um companheiro que estava dentro do galpão:

– Frank! Vou fazer meu intervalo. Volto em meia hora.

Uma voz vinda lá de dentro respondeu:

– Certo.

Alex sabia fazer as contas. Meia hora, menos os vinte minutos de soneca, igual a...

– Você tem dez minutos.

Sentados em uma lanchonete, o homem devorava um cachorro-quente. Diferente dos eruditos e bem-sucedidos ex-amigos, Alex não indicava ser do tipo que tem apreço pelos estudos. Os calos nas mãos pareciam lhe dar orgulho. Uma aliança de ouro já castigada pelo tempo estava tão apertada no grosso dedo, que pelo jeito nunca mais sairia dali.

– O que quer saber? – perguntou Alex, limpando a boca com um guardanapo.

– Gostaria de ouvir o que você tem a dizer sobre Jeremy.

– Éramos amigos de escola. Você sabe... Rapazes... Jeremy era do tipo quieto. – O homem balançou a cabeça. – Pobre Jeremy.

Após uma breve pausa, sorrindo falou:

– Certa vez, Brouks pegou o carro do pai. Nós íamos a uma festa, então passamos no posto em que Jeremy trabalhava para pegá-lo. Eu e Hanson ficamos esperando dentro do velho Ford, enquanto Brouks foi chamá-lo na conveniência. O dono do posto disse que Jeremy teria que fazer hora extra naquela noite. De dentro do carro, vimos Brouks dando algo para o dono do estabelecimento. Quando chegaram, questionamos o porquê da demora. Brouks apenas disse: "Nada. Vamos curtir a festa". Algum tempo depois, descobrimos que ele dera ao homem cinquenta dólares, para que Jeremy pudesse ir conosco. Brouks economizara aquele dinheiro para comprar tênis novos. Não que ele fosse o tipo que gostava de estar sempre na moda, mas os velhos pares que ele usava já estavam com furos. Depois dessa boa ação, Brouks ficou mais de um mês encostando a sola do pé no chão, até conseguir juntar o dinheiro novamente.

– E por que vocês participaram daquela maratona? – perguntou o jornalista.

Alex deu de ombros.

– Só por correr. Não tínhamos nada mais interessante para fazer.

James retirou da mala o recorte de jornal sobre a morte de Jeremy. Colocando-o sobre a mesa, perguntou:

– Qual sua visão sobre a morte dele?

– Injustiça! – exclamou o homem. – Jeremy nunca fez mal a ninguém. Os noticiários diziam que ele reagiu. Nunca acreditei nesta versão. Se eu bem conhecia Jeremy, ele deve ter ficado com medo e acabou se atrapalhando na hora de entregar o dinheiro. Os culpados nunca foram pegos. Na época, eu, Brouks e Hanson, saímos atrás dos criminosos.

Queríamos justiça. Passamos semanas atrás de pistas. Investigamos traficantes, ladrões, arruaceiros, e nada. Absolutamente, *nada*. Nem sequer um indício conclusivo. – Alex novamente deu de ombros. – Bom, mas fizemos nossa parte. Agora só nos resta lamentar.

Nove minutos de papo. James sabia que aquele era o momento ideal para obter a informação que de fato precisava:

– Você ainda tem contato com Brouks e Hanson?

– Muito pouco. Às vezes Hanson me liga, para saber como estou. Na época em que eles se distanciaram, fiquei do lado de Hanson. Sempre achei que Brouks foi muito radical.

Como "quem não quer nada", o astuto jornalista perguntou:

– Mas por que eles se distanciaram?

– Imaturidade – esclareceu Alex. – Depois que Jeremy morreu, Brouks ficou estranho. Acho que para ele foi um baque muito grande perder o amigo. Ele não soube suportar muito bem a questão. Indignado, não queria cessar a busca pelos assassinos. Hanson falou para ele deixar quieto. Brouks ficou uma fera. Os dois tiveram uma briga feia. Depois disso, Brouks rompeu a amizade com Hanson. Mas a coisa ficou séria mesmo quando Larry, pai do Brouks, ficou do lado de Hanson. Aí é que o bicho pegou de vez.

Alex deu de ombros.

– Mas isso são águas passadas. Um dia esses dois ainda vão rir de tudo isso. – Alex deu uma olhada no relógio. – É! Acho que nosso tempo se esgotou. Espero ter ajudado.

– Ajudou, e muito – afirmou James.

O homem levantava-se para ir embora, quando declarou as últimas palavras:

– Espero que seu artigo ajude a pegar os caras que mataram Jeremy.

James sinalizou com a cabeça.

***

– Bem, detetive, foi por meio dessa conversa que descobri que Brouks e Hanson foram amigos na infância. Mas... pense comigo!

– disse McCarthy gesticulando com a mão. – Além das informações sobre a amizade dos dois, e do ódio alimentado por Brouks, até aquele momento tudo o que eu tinha era apenas uma dúvida: será que Brouks pretende realmente matar o ex-amigo?

– Precisei de muita cautela – desabafou James. – Como escrevia um artigo sobre Brouks, já havia me inteirado de suas mais recentes ações como senador. Ele era o presidente da comissão de relações exteriores do Senado, e estava propondo a criação de um fundo, mediante ao qual buscava acrescer alguns auxílios para os diversos embaixadores dos Estados Unidos, atuantes na Europa. Por causa disso, Brouks estava realizando reuniões com vários outros embaixadores. Ele queria saber as reais condições em que os representantes se encontravam. Brouks também buscava saber qual era a opinião destes sobre suas propostas.

– Bem... agora, chegara a hora de ter uma conversa com o representante do país na França.

– Eu não tinha certeza de que o senador Brouks desejava matar Hanson – reafirmou o jornalista. – Afinal, e se o que eu tivesse lido fosse apenas uma pauta de reunião da conversa que eles teriam? Sei lá – disse o jornalista, abrindo os braços. – Talvez o senador fosse pedir apoio para as pesquisas do Dr. Eliot? Pensei, e *pensei* por horas. Minha mente não parou de lançar-me dúvidas: *E se Brouks buscava encontrar-se com Hanson para lhe pedir perdão? E se ele ansiasse reatar a amizade?* Eu não poderia cometer erros em minhas conclusões. Brouks é um senador de grande poder. Se eu estivesse enganado, minha carreira e minha vida estariam acabadas.

James fez uma pausa de impacto.

– Mas em meio a estas minhas ponderações, algo me despertou – disse ele. – Minha casa fora arrombada. Eu vi os invasores. Com certeza não eram meros ladrões. Alguém deveria querer minha cabeça.

Eu estava em maus lençóis. Decidi não voltar para casa. Saquei uma quantia em dinheiro no caixa eletrônico e optei por não usar mais meus cartões de créditos para evitar ser rastreado. Comprei um celular pré-pago e fui para um hotel.

James relatava os acontecimentos com muita emoção.

– Eu precisava estar atento a tudo. Tomei um banho frio. Gelado, para ser sincero. Aquilo me acordou. Comecei a pensar melhor na invasão da minha casa. Eu sabia que aquilo de alguma forma tinha a ver com Brouks. Talvez ele desejasse que eu ficasse de bico calado. A pergunta era: por quê?

– Eu tinha alguns palpites – continuou. – Mas estes não passavam de fumaça. Foi aí que minha intuição entrou em ação.

James, apontando o dedo para o seu coração, prosseguiu:

– Sabe aquele sentimento que inquieta – disse ele, com uma expressão de angústia. – Eu não sei como explicar. Mas algo dentro de mim me dizia que Hanson estava em perigo, e eu devia ajudá-lo.

– Apesar das incertezas, decidi prosseguir com minha investigação. No dia 14, bem cedo, aguardei Dr. Eliot e sua esposa levarem Christopher ao hospital. Escondido, esperei a empregada ir ao supermercado. Com a barra limpa, invadi o apartamento à procura de provas que ligassem o senador ao veneno. – James fez uma pausa de efeito. – Sei que isso é crime, mas não tive escolha. Vasculhando o closet do casal, encontrei as filmagens.

– Quando voltei ao quartinho de hotel, comecei a montar minha linha investigativa. Por ter visto no gabinete do senador o nome de Hanson junto ao da "Plax", suspeitei que o senador pretendesse matar o embaixador com o veneno. As provas que eu coletara eram muito fortes, e se inclinavam nesta direção.

Como se tivesse descoberto a fórmula da Coca-Cola, James estalou os dedos:

– Naquela hora, liguei os pontos. Brouks arquitetara tudo nos mínimos detalhes. Ele planejou o assassinato de Hanson há muitos anos. Desde lá, veio articulando cada passo de sua ação.

O jornalista começou a detalhar os planos de Brouks:

– Em primeiro lugar, ele se tornou o líder do comitê de relações exteriores. Era óbvio! Estando neste cargo ele teria a desculpa perfeita para ter acesso a Hanson. Ninguém poderia acusá-lo de estar lá por sua própria vontade. Ele estaria frente a frente com a vítima, e ainda poderia alegar que agia em favor da nação. Esse era seu álibi perfeito. A primeira parte do plano estava concluída.

Em segundo lugar, e não menos importante, o senador não poderia deixar rastros que o acusassem. Afinal, para ser um bom assassino, não basta apenas matar, o negócio é não ser pego. Para isso, Brouks teria que utilizar algo letal e que, ao mesmo tempo, não levantasse suspeitas. Aqui é que a coisa se complicava.

James encarou Smith, dando-lhe um sorriso.

– Posso ler sua mente, detetive. Sei o que você está pensando. Também me perguntei várias vezes como ele pretendia matar Hanson.

– É obvio que quando Brouks iniciou seu plano de assassinato – prosseguiu o jornalista – ele devia ter outra ferramenta de execução – McCarthy deu de ombros. –Não sei. Talvez utilizasse outro veneno.

– Mas, enfim... como o destino é muitas vezes surpreendente, Brouks ouviu como uma linda sinfonia as palavras de Dr. Eliot: "A 'Plax' é um veneno mortal e praticamente indetectável".

– Perfeito! – declarou Smith, interrompendo o relato. – Um amigo o ajudaria a matar um ex-amigo.

Ao ver a cara de espanto de Smith, James prosseguiu:

– Isso mesmo, detetive. Pois bem, sabendo disso, decidi avisar o embaixador. Hanson precisava ser alertado que Brouks pretendia matá-lo. Imediatamente encontrei o telefone dele e disquei o número. Aguardei chamar. Confesso que meu coração estava a ponto de sair do peito. Minha adrenalina estava à flor da pele. Foi aí que ouvi o tão temido: *Alô!*

– Naqueles poucos segundos, meu cérebro pensou por conta própria. Desliguei na cara da pessoa. Nem sei quem era do outro lado da linha. Assim como fui impulsivo para ligar, também fui para meter o telefone novamente no gancho.

Com uma expressão de suspense no rosto, o jornalista continuou:

– Uma dúvida surgiu em minha cabeça. Pense comigo, detetive! Se aquele desgraçado planejou tudo nos mínimos detalhes, quem poderia me garantir que o telefone do embaixador não era grampeado por ele.

Smith mordeu o lábio.

– Certo! Isto é interessante.

O jornalista bateu o indicador na têmpora.

– Compreendeu o lance? Se Brouks estivesse de olho em Hanson, com certeza ele interceptaria suas mensagens de e-mail, SMS, telefonemas da casa, do gabinete, dos celulares e vai lá saber o que mais. Bom, mas eu tinha outra opção. Pensei em falar com a secretária do embaixador. Mas isso não passou de uma cogitação. Afinal, se tudo era monitorado, com certeza ela também podia estar sendo vítima dos grampos.

James deixou os ombros caírem e soltou de uma só vez o ar dos pulmões.

– Ou seja... na mesma hora em que eu alertasse o embaixador do perigo, o senador simplesmente abortaria seu plano.

James abriu os braços.

– Você me pergunta: Mas não é isso que teria que acontecer? Salvar a vida do Hanson? Claro que sim! – afirmou o próprio jornalista. – Mas, eu lhe pergunto: esse salvamento seria definitivo ou temporário? Veja, detetive... se Brouks odiava tanto o ex-amigo é claro que buscaria uma nova oportunidade para matá-lo. Era só uma questão de tempo – declarou James. Com expressão de tristeza, prosseguiu:

– Verdade seja dita, sem sombras de dúvida, foi nesta hora que Brouks me deu o primeiro *Xeque*.

Smith, muito sábio, motivou o colega.

– Mas sabe, McCarthy, devo lhe dizer que você é mil vezes mais inteligente que Brouks.

– Como assim? – inquiriu o intrigado jornalista. – O que você quis dizer com isso?

– Simples. Você pensou em coisas que tenho certeza que nem ao menos chegaram a passar pela mente do senador.

James franziu as sobrancelhas.

– Ainda não entendi. Explique melhor.

– Veja bem – começou Smith. – No dia 17, sem entender muito bem as pistas que você me deu, acabei ligando para o embaixador Hanson. Contei a ele sobre a frase: "Mais uma pessoa morrerá". Também o alertei de que aquilo poderia ser uma ameaça. E por fim, pedi a ele que ficasse de olho e me comunicasse sobre qualquer incidente.

James, totalmente desnorteado arregalou os olhos e levou as mãos à cabeça.

– Oh, meu Deus – declarou ele, com voz atordoante.

Smith deu-lhe um sorriso maroto.

– Pois é, garoto! Agora sabemos que Brouks não pensou em monitorar Hanson... Caso contrário, ele saberia da ligação que fiz ao embaixador e teria abortado o plano.

James ficou paralisado.

– Que merda! – esbravejou ele. – Tudo poderia ter sido diferente... Que droga! – tornou a resmungar. – Se eu apenas tivesse alertado o embaixador sobre os fatos, tudo poderia ter sido diferente... Tudo mesmo – repetia McCarthy, esboçando algum tipo de arrependido.

– Ou não! – corrigiu Smith. – Como você mesmo disse: Brouks precisava ser desmascarado de uma vez por todas. Relaxe, garoto! Você fez o que era correto. Estas são águas passadas. Não adianta ficar lamentando por algo que poderíamos ter feito diferente. No fim das contas, deu tudo certo.

James lançou um olhar na direção dos ferimentos do detetive. Com a cabeça e os olhos fez-lhe um sinal.

– Isso? – perguntou Smith, com os olhos em seus machucados. – Isso não foi nada. Como dizem por aí: são ossos do ofício. Mas vamos lá! Prossiga sua história. Estou ansioso para saber o final.

– Ok! – concordou o jornalista ainda com semblante abatido. – Bem, como minha primeira hipótese de ligar para o embaixador Hanson fora para o espaço, dei então lugar em minha mente para a próxima alternativa: fazer uma denúncia à polícia. A princípio isto era simples. Bastava apenas eu entregar as provas a um detetive, contar-lhe tudo que eu sabia, e pronto. Brouks seria preso. Matutei um bom tempo sobre esta questão. Mas depois de muitas ponderações, concluí que esta não era uma boa ideia. Pensei comigo: E se a polícia deixar vazar alguma informação? Se isso acontecer, Brouks apenas abortará o plano. Na época, imaginei que esse vazamento poderia se dar tanto por descuido, ou mesmo por má intenção do detetive.

James deu uma risada de descontentamento, balançou a cabeça e indagou:

– Sabe o que é pior em tudo isso?

– O quê? – interpelou Smith.

– Tenho para mim que se a polícia fosse investigar minha denúncia, Brouks astutamente afirmaria que estava de posse de uma amostra do veneno apenas com o intuito de manter um exemplar do produto ou algo do gênero – supôs James. – Afinal... nas gravações que encontrei no apartamento do Dr. Eliot, o senador apenas pedia o veneno, mas em nenhum momento declarou para que finalidade o utilizaria. Pensei nesse problema de vazamento antecipado das informações. Depois de algumas análises, uma ideia brilhou em minha mente como raios de sol. Bastava eu entregar as gravações a um detetive competente, próximo do horário em que o crime seria cometido. Aí, você me pergunta: por que você não fez isso?

McCarthy tornou a dar de ombros.

– Simples. Porque tive medo. Medo que o detetive não acreditasse em minhas palavras. Ou pior ainda, que demorasse demais para averiguar as provas, e por causa de alguns minutos perdidos, o crime já pudesse ter sido cometido. A partida estava complicada – disse James, sorrindo. – Ela mal havia começado e Brouks novamente anunciou-me: *Xeque*.

O jornalista fez uma breve pausa, e coçou a cabeça. Era como se estivesse sintonizando algo.

– Mas, sabe, detetive... revendo todos estes fatos, vejo que minha ação, ainda que aparentemente maluca, foi eficaz. Olhando para trás, sabemos que Brouks não se atinou de monitorar Hanson. Talvez ele não visse motivos para se preocupar. Afinal, eu e Dr. Eliot éramos os únicos que sabíamos sobre seu plano macabro.

– Brouks se sentia seguro. Afinal, o doutor que estava desesperado para salvar o filho, dificilmente abriria o bico. E eu... bem... ele nem tinha certeza se seu sabia de algo. Talvez ele pensasse que o susto que me deu já seria o suficiente para me calar.

- É, McCarthy! Acho que Brouks se enganou ao seu respeito - disse Smith, sorrindo.

James deu aquele sorrisinho malandro e concordou com Smith meneando a cabeça.

- Mas, voltando ao relato... Como eu dizia, o miserável não era tão burro assim. Ele estava de olho em possíveis investigações que o envolvessem, desde a CIA até o FBI. Ao menor sinal de perigo, ele tirava o pé do acelerador. Sendo assim, se eu tivesse contado tudo o que sabia à polícia, com certeza, os agentes da CIA que Brouks contratara, o teriam avisado das investigações, e ele simplesmente abortaria o plano.

McCarthy encheu os pulmões de ar.

- Enfim... Depois de levantar todos esses dados, cheguei a um "denominador comum". Isto é, eu não poderia entrar em contato com o embaixador Hanson e muito menos fazer uma denúncia explícita do plano do senador. Ao mesmo tempo, eu sabia que, apesar do risco de permitir que o senador chegasse ao ponto de envenenar a bebida do embaixador Hanson, esse seria o único jeito de conseguir provas concretas de que Brouks desejava matá-lo. O copo contendo a bebida envenenada precisava ser levado até próximo dos lábios do embaixador Hanson.

- Sem muitas alternativas, pensei em viajar a Paris, e eu mesmo desmascarar Brouks em flagrante. Essa ideia me consumiu. Refleti sobre ela várias horas. Entretanto, houve um momento em que parei. Foi neste ponto, em meio a toda minha afobação para salvar Hanson, que tomei consciência de algo fundamental: eu não sou um policial.

McCarthy apontou o dedo para Smith:

- Você é! Eu sou um jornalista - afirmou. - Compreendi que minha parte neste caso seria a de investigar tudo minuciosamente e então apresentar todos os dados a um detetive.

James gesticulou com a mão, indicando que uma nova etapa da conversa se iniciaria.

– Bem, depois de todas estas análises, tomei minha decisão – prosseguiu. – Na tarde do dia 14, comecei a elaborar as pistas que eu entregaria à polícia, isso com base nos dados que havia descoberto. Comecei escrevendo uma carta na qual informava que um traficante mexicano pretendia matar um comerciante do Brooklyn no dia 17 de julho. Depois, escrevi uma segunda carta, a qual dei o título de "Dois amigos & o representante do Rei". Em primeiro lugar, como você deve ter percebido, inventei a história dessa carta. Com a narrativa, eu pretendia dar uma prévia da causa do crime. Quando pesquisei sobre o embaixador Hanson, encontrei o artigo que continha àquela brilhante frase que ele citara do "Rei desconhecido". Achei por bem anexar este trecho.

James prosseguiu na narrativa:

– Eu esperava que com a leitura dessa última carta, algum detetive decidisse investigar a denúncia da primeira carta. Mas isso não poderia ser algo explícito, pois caso o senador desconfiasse de alguma coisa, poderia desistir de cometer o crime naquele momento, podendo vir a cometê-lo em outra oportunidade. No dia 15, tive então a ideia de escrever a matéria. Manipulei o escrito para que ficasse parecido com o de um jornal famoso, assim, o detetive ficaria ainda mais intrigado. Dirigi-me então até a gráfica de um amigo, e o imprimi em um papel muito parecido com o utilizado pelo jornal *The New York Times*. No artigo, informei os dados que o investigador precisava saber: a planta "Plax" era um veneno mortal. O detetive do caso desconfiaria que este fosse o objeto utilizado no crime.

Smith, fascinado com o relato, apenas assentia com a cabeça.

– Na noite do dia 11, quando saí do apartamento do Sr. Willson, fiquei com o relógio que ele me dera no bolso de minha calça. Só percebi que o objeto estava lá, quando me revistaram antes de entrar no gabinete do senador. No dia 16, fui a uma relojoaria do centro da cidade e pedi para que gravassem a inscrição: "A guerra, o poder e a vitória" no interior do mesmo. Eu jamais gostaria de ter usado aquele precioso objeto como pista. Mas aquele relógio era formidável – dizia James, com brilho nos olhos. – Ele era muito antigo. Porém, devido ao cuidado minucioso de Sr. Willson, ele estava impecável. Tive então a ideia de utilizá-lo. Afinal, sendo uma peça notável, pude ter a certeza de que o investigador do caso ficaria ao menos surpreso.

– Acima de tudo, o detetive que pegasse o caso deveria envolver-se o máximo possível com as pistas. Isso, para que quando eu lhe entregasse as provas, ele desse crédito às minhas palavras. Ao mesmo tempo, era preciso que ele esperasse o momento certo, até que o senador estivesse prestes a cometer o crime, para então pegá-lo em flagrante. Enfim, todo meu plano estava concluído.

James relatava os fatos fascinado.

– Na manhã do dia 17, planejei entregar as duas cartas e o relógio na delegacia. Durante a tarde, já sabendo quem seria o detetive do caso, entregaria o envelope com a matéria de jornal informando sobre a "Plax". Era preciso entregar as pistas numa certa ordem de tempo, isso para que o detetive descobrisse o crime próximo dele ser cometido. Quando chegasse o momento exato, eu me apresentaria e lhe entregaria as provas. Calculei que Brouks se utilizaria de um momento mais informal para envenenar o amigo.

– No dia 17, consegui uma moto emprestada com um amigo, e fui rumo à delegacia. Mas antes, decidi dar uma passadinha no apartamento do Sr. Willson. Nós éramos grandes amigos, e desde o dia 11 eu não entrava em contato com ele. Tive medo de que os capangas do senador descobrissem nossa ligação e pudessem vir a fazer algum mal a ele. Porém, mesmo correndo perigo de vida, e colocando a dele também em risco, decidi ir até lá a fim de pedir permissão para utilizar o relógio como pista.

James pigarreou.

– Bem, foi a partir deste ponto que a coisa ficou complexa de vez! Eu estava sem as chaves do apartamento de Sr. Willson. Por ter saído de casa com muita pressa, não me lembrei de pegá-las. Mas ele sempre acordou cedo, certamente me atenderia. Subi correndo as escadas do imóvel, colocando luvas nas mãos para não contaminar as pistas com minhas digitais. Minha ideia era pedir permissão ao Sr. Willson para utilizar o relógio. Depois eu lhe daria um forte abraço e iria embora. Planejei tudo em minha mente. Eu não poderia cometer erros. Afinal, eu não sabia se os capangas do senador já haviam descoberto minha ligação com Sr. Willson.

– Bati na porta do apartamento. Esperei a voz dele me dizendo: "Já estou indo". Eu imaginava que ele estaria pensando que não lhe dei atenção por causa da "minha grande entrevista com o senador". Após alguns segundos, percebi que ele não disse nada. Fiquei preocupado. Mas talvez ele estivesse ocupado. Bati novamente. Minha mente começou a rodar. Na hora, imaginei que aqueles capangas poderiam tê-lo feito algum mal. Como não tive resposta, resolvi arrombar a porta.

A esta altura, as lágrimas já corriam como rios na face do jornalista.

– Era tarde demais. Sr. Willson estava morto.

Smith segurava o choro. Seus olhos piscavam como comportas tentando conter as águas de um poderoso rio.

O silêncio tomou conta da conversa. Um minuto de luto foi prestado.

Tomando fôlego, James prosseguiu:

– Não tive muito tempo. Pude ouvir alguém descendo as escadas. Eu o amava, mas com o senador Brouks me perseguindo, ele poderia utilizar seu poder para me colocar como culpado pela morte do Sr. Willson, e nesse ínterim, Hanson já estaria morto. Eu sabia que não poderia deixar outra pessoa morrer. Estavam comigo as duas cartas, a matéria e o relógio. Não pensei muito. Em pouco tempo, decidi deixar apenas uma delas, "Dois amigos & o representante do Rei", e no envelope escrevi a frase: "Mais uma pessoa morrerá". Afinal, pensei que com as investigações da morte do Sr. Willson, os dados da investigação do verdadeiro crime não seriam revelados na mídia, evitando assim, que Brouks desconfiasse que a polícia já tivesse pistas do crime que ele pretendia cometer. Colocando a carta sobre o traficante mexicano na mochila, fui embora.

Para minha surpresa, quando cheguei à porta do apartamento, deparei-me com a Sra. Sanders. Nós somos amigos, nos conhecemos desde a minha adolescência. Eu chorava muito. Ela, vendo meu choro e a porta arrombada, não entendeu o que estava acontecendo. Acalmando-a, pedi que chamasse uma ambulância e a polícia. Também roguei a ela que não falasse nada sobre mim aos investigadores, isso, para que eu pudesse impedir que outra pessoa viesse a morrer. Dei-lhe um abraço, beijei-a no rosto e saí.

James balançava a cabeça.

– Pobre, Sra. Sanders. No dia 17, quando voltei a encontrá-la, ela me disse que entendeu que Sr. Willson falecera de morte natural, e que eu, desesperado, arrombei a porta para tentar salvá-lo. Porém, após minha saída, ela foi ao quarto e estranhou o fato de que eu deixara um envelope sobre o corpo. Ela me contou que sabia que aquilo não estava ali à toa. Devia haver um motivo. Foi por isso que, quando você e seu parceiro foram interrogá-la, sabiamente ela omitiu minha ida ao local.

Smith franziu o cenho. Na mente, lhe veio a lembrança do trecho do interrogatório:

– A senhora tem alguma ideia de quem poderia ter deixado aquelas pistas no apartamento do Sr. Willson?

Eis a resposta:

– Sr. Willson nunca teve inimigos.

É claro que ela sabia. A resposta estava na ponta da língua: James. Boa fuga a dela.

Smith só fez sorrir.

McCarthy continuou a história:

– Depois que saí do prédio, fiquei do outro lado da rua, esperando para ver o que aconteceria. Confesso que foi difícil ficar naquela esquina olhando a fachada daquele prédio de tijolos aparentes. Em poucos minutos, notei que a Sra. Sanders já havia chamado o socorro e a polícia. Foi então que você chegou. No ano passado, escrevi um artigo sobre o enigmático caso da "Família Jackson" que você solucionou. Eu sabia que você era muito inteligente e competente para investigar este caso. Por vezes, pensei em lhe contar tudo que eu sabia, mas hesitei. Não sei por quê. Tive medo de que as informações vazassem antes do tempo devido. Por isso, resolvi manter meu plano. A esta altura, calculei que tudo deveria seguir conforme arquitetara. A única diferença era que você não poderia se ater ao apartamento, e muito menos em buscar uma possível ligação do Sr. Willson com o caso.

James deu um sorrisinho descontraído.

– Durante o dia 17, acompanhei todos os seus passos – revelou. – Você não me notou, certo?

Smith franziu a testa. Deu um sorriso e balançou a cabeça.

– Não!

James deu uma piscadinha muito malandra, do tipo: é, eu sou o cara.

– De manhã, fui atrás de você e seu colega até a relojoaria. Depois, os segui até a delegacia. A essa altura, calculei que você analisaria a frase do relógio e a carta. Era bem provável que também pesquisasse a respeito do embaixador Hanson. Quando foram à biblioteca, desconfiei que tivesse algo a ver com "O decreto do Rei". Saindo de lá, os acompanhei até a empresa que fazia a limpeza do apartamento do Sr. Willson, e em seguida, vocês foram interrogar a Sra. Amélia. Após voltarem à delegacia, decidiram retornar ao apartamento. Lá, também os avistei indo ao apartamento da Sra. Sanders. Ao saírem, novamente retornaram à delegacia. Depois, você seguiu para sua casa, e foi almoçar com a família. Neste momento, corri para a delegacia e deixei o envelope com a matéria de jornal em cima de sua mesa. Não queria assustá-lo, mas acho que foi o que aconteceu. Você retornou do intervalo, e depois de algum tempo, dirigiu-se até o jornal *The New York Times*. Foi uma boa sacada sua ir investigar quem havia publicado a matéria. Depois de sair do jornal, vocês foram até o laboratório do Dr. Eliot. Quando vi que você e seu parceiro pegaram Terry, imaginei que ele poderia abrir o bico. Dessa forma, você constataria que, de fato, a "Plax" era um veneno. Se realmente essa conversa acontecesse, você também poderia vir a descobrir alguma ligação do senador Brouks com o doutor. Após deixarem Terry no laboratório, vocês foram ter uma conversa com o patologista e o chefe da criminalística. Confesso que estava ansioso para saber os resultados das análises que eles fizeram. Após uma breve pausa na delegacia, para o desembarque do seu parceiro, você foi ao apartamento do Dr. Eliot.

James pausou o relato e encarou Smith nos olhos.

– Refleti muito... então liguei. O tempo se esgotava e eu precisava de um momento cara a cara com você para lhe contar tudo. E mais complicado ainda, fazer com que você acreditasse em mim. Na ligação, resolvi ser direto.

– Quando o vi indo ao *The Mall*, senti que tudo daria certo. Você ficou à minha espera, sentado em um banco. Fiquei ali próximo. Pude vê-lo pegando seu caderninho. Sabia que você tentava chegar a uma conclusão. A esta altura do campeonato, imaginava que você já havia constatado que o senador fora à França a trabalho. Podia sentir que você estava muito perto da verdade. Por fim, suas dúvidas deveriam ser: quem vai matar o embaixador Hanson? E por que alguém o mataria? Eu sabia quem mataria, e por que mataria. Foi neste exato momento, enquanto me aproximava de você para lhe contar os fatos, a fim de evitar a morte do embaixador e ainda gerar a última prova que incriminaria o senador (a xícara com o veneno), que os capangas do Brouks apareceram. Você precisou correr. Naquela hora, pude ver que aqueles dois foram os mesmos que invadiram minha casa. Quando vi os miseráveis, sabia que você estava em perigo. – James, com os olhos vagando, indagou: – Entretanto, detetive, ainda não entendi como eles lhe acharam.

Smith balançou a cabeça.

– Neste ponto a culpa foi minha – admitiu. – Liguei para o gabinete do senador. Provavelmente, depois dessa ligação, a secretária deve tê-lo informado de minha investigação. Por sua vez, Brouks deve ter mandado aqueles dois funcionários da CIA darem um fim em mim. Sei lá... – cogitou. - Talvez Brouks desconfiou que Dr. Eliot, com medo, havia contado algo à polícia, ou mesmo que você o tivesse delatado.

Após um breve silêncio de reflexão, James concluiu:

– É, isso faz sentido. Bem... o final da história você já sabe.

Smith, olhando em direção ao local dos fatos, deu uma suspirada, e declarou:

– E como sei... Mas sabe, McCarthy, teve uma coisa que lhe passou despercebido em meio a toda a sua genialidade.

James engoliu em seco. Ficou pasmo. Surpreso, olhou fixo nos olhos do detetive e perguntou:

– O quê?

Smith sorriu.

– Na parte inferior do relógio havia um pequeno D, símbolo da relojoaria do Sr. Willson. Provavelmente, se você tivesse entregado o relógio como pista na delegacia, algum detetive acabaria de alguma forma, ligando Sr. Willson ao crime.

James levou as mãos à cabeça.

– Minha nossa! Eu não tinha nem percebido.

De uma hora para outra o semblante de McCarthy entristeceu-se.

– Sabe, detetive, Sr. Willson me deu o relógio justo no dia 11. Por eu estar empolgado com a entrevista que teria com o senador, acabei não dando importância ao presente, a ponto de não observá-lo detalhadamente.

Smith, lembrando-se da foto que havia visto no escritório, intrigado, perguntou a James:

– Mas, afinal, quem é aquele rapaz que está ao lado do Sr. Willson, na foto em que eles estão fardados?

– Boa pergunta, detetive – afirmou James. – Naquela foto, Sr. Willson estava com o irmão mais velho, Danny.

O jornalista retirou de sua pasta o diário do Sr. Willson. Contendo sua emoção, começou a ler algumas partes para Smith.

Depois de ler as partes iniciais, chegara o momento de ler os relatos inesquecíveis do dia D:

> *No dia 6 de junho de 1944, desembarcamos de nosso navio e entramos em uma lancha de desembarque. Eu e Danny estávamos juntos. Danny prometera à minha mãe que me levaria para casa. Ele não aceitou que nos separassem.*
>
> *Nosso destino era a praia de Omaha. O mar estava agitado. Com o balanço das ondas, nossas pequenas lanchas eram sacudidas. Eu estava nauseado, tanto pelo zanzar da lancha como pelo medo que me consumia.*
>
> *À medida em que nos aproximávamos da praia, algumas lanchas eram danificadas ou mesmo destruídas por minas submarinas.*
>
> *Por volta das 6h30 da manhã, a rampa de nossa lancha baixou. Com muita dificuldade tentávamos nadar e caminhar. Eu*

jamais conseguirei esquecer os corpos mutilados que se espalhavam no mar. Àquela altura da batalha, o cheiro de sangue já podia ser sentido.

Quanto mais caminhávamos em direção à praia, mais as rajadas de tiros nos afligiam. Minas terrestres estavam espalhadas pelo chão. Muitos soldados tinham seus corpos dilacerados. Ao mesmo tempo em que lutávamos para desviar das rajadas de tiros inimigos, efetuávamos disparos morro acima.

Quinze minutos depois de termos desembarcado, eu e Danny ouvimos um alto brado dado pelo capitão Williams. Aquele foi um grito atordoador. O capitão pisara em uma mina. Ao ouvi-lo bradar, Danny não teve dúvidas.

Meu irmão olhou-me nos olhos, e disse:

– Fique aqui!

Danny deu um tapinha em meu capacete, e correu até o capitão. Ele o colocou em uma espécie de cavidade que fora formada pela explosão da mina.

Como um ímã que atrai o ferro, estava Danny para as balas adversárias. Ele já fora atingido duas vezes de raspão.

Atirei o mais precisamente que pude para neutralizar os adversários, mas meus tiros eram insuficientes. Eu não podia ficar ali sem fazer nada. Meu irmão era atingido.

Em um ato impulsivo, levantei-me e mexi os braços.

Um, dois, três. Este foi o tempo que demorou para que eu fosse atingido. Pude ouvir Danny berrar:

– Abaixe-se!

Novamente, senti uma forte dor. Eu havia tomado um segundo tiro. Aqueles projéteis poderiam ter atingido Danny, mas eu os tomei com muito orgulho.

Meus olhos se fecharam. É estranho pensar na morte. Creio que na guerra, todos a esperam.

Quando retomei a consciência, percebi que estava no navio hospitalar.

Meu corpo estava todo dolorido. Parecia que fora atropelado por um tanque. Minha respiração era ofegante e barulhenta.

Podia se ouvir gemidos e berros que mais pareciam vir de animais. O cheiro do local não era bom.

– Danny, onde está você? – gritei com dificuldade.

Não houve resposta.

Levantei-me com muita dificuldade. Retirei as diversas mangueiras enfiadas em meu corpo. Meus pontos começaram a abrir de tal forma que manchavam os brancos curativos de sangue. Um enfermeiro me segurou, a fim de me impedir:

– Onde está meu irmão? – tornei a gritar.

Ele tentou me conter, mas muito contrito, não teve coragem para me deter.

Todos no local estavam muito comovidos. Na hora, percebi que algo estava errado. Muito nervoso, perguntei novamente ao enfermeiro:

– Onde está Danny?

Neste momento, ouvi o capitão Williams, que estava deitado em uma maca próxima, me chamar.

Sentei-me em uma cadeira ao lado da maca. Aproximei meus ouvidos de seu rosto a fim de ouvir seus baixos sussurros. Ele estava muito ferido. Sua boca estava seca. Seu olho esquerdo, que fora retalhado, estava coberto por faixas.

– Soldado, foi uma honra lutar ao seu lado e ao lado de seu irmão.

Coloquei minha mão em seu ombro, em sinal de reciprocidade.

Com dificuldade, ele contou-me o que acontecera:

– Ao vê-lo cair, o soldado Danny correu em sua direção. Após alguns passos, ele foi ferido na perna. Ele caiu, mas levantando-se rapidamente, continuou em sua direção. Quando chegou até você, ele tomou um segundo tiro no peito. Com muita dificuldade, lhe colocou atrás de um caltrop, e o protegeu com o próprio corpo.

O capitão William estava muito emocionado. Suas palavras foram contidas pelo choro. Sua fraqueza era nítida.

Um jovem médico chamado Franklin, colocou a mão sobre meu ombro.

Virei-me para ele, e chorando muito, novamente perguntei:

– Onde está meu irmão?

Franklin olhou-me no fundo dos olhos. Com muito respeito, ele me relatou os duros fatos:

– Willson, quando me aproximei de vocês, o soldado Danny o protegia com o próprio corpo. Ele estava muito ferido. Pude perceber que ele procurava sussurrar algo. Quando me abaixei para ouvir, escutei-o dizer: "Salve meu irmão! Ele salvou a minha vida". Willson, seu irmão só parou de respirar quando começamos a cuidar de você. Fizemos todo o possível, mas o soldado Danny não resistiu.

Franklin me levou até o corpo de Danny. Quando o vi, não consegui parar de chorar. A única coisa que pude fazer foi pegar seu relógio para levá-lo de volta ao meu pai.

Virando a página, James continuou a leitura:

Hoje, conversei com Michele. Contei-lhe como Danny a amava e dos planos que ele tinha de pedi-la em noivado. Ela chorou muito. De certa forma, me senti culpado por estar ali e Danny não. Porém, surpreendendo-me, aquela jovem, de forma encantadora, deu-me um forte abraço, secou minhas lágrimas, e me disse algumas palavras... Palavras essas, que jamais deixei de trazer à minha mente:

– Willson, viva! Faça de sua vida um exemplo vivo do amor, da amizade e da honra. Mostre ao mundo o herói que Danny foi.

James fechou o diário e contou a Smith:

- Depois que voltou da guerra, Sr. Willson contou ao pai toda a história heroica do irmão. Ele também trouxe consigo o relógio, e o entregou ao pai. Aquele homem, totalmente abalado com a morte do outro filho, pegou o objeto nas mãos e o admirou por alguns segundos. Depois, ele novamente colocou a joia nas mãos do caçula. Sobrepondo suas mãos às do filho, apertou-as firmemente. Não contendo suas emoções, o pai disse: "Você ficará com ele. Pois você salvou a vida de seu irmão".

James deu um sorriso de canto e falou:

– O que é mais intrigante em tudo isso é que o pai do Sr. Willson nunca lhe revelou a história por trás do relógio. Talvez, de alguma forma o homem compreendeu que o segredo morreu com Danny. Mas... no final das contas, imagino que para Sr. Willson, descobrir aquele antigo sentido do objeto já não era o mais importante. Para ele, o relógio passou a simbolizar algo muito mais forte: uma lembrança palpável de seu tão querido irmão. Após essa conversa com o pai, Sr. Willson resolveu que se tornaria relojoeiro, isso para que pudesse sempre deixar funcionando o relógio do irmão. Era desta forma que ele entendia que poderia manter uma lembrança muito bem cuidada daquele que salvou sua vida. E é por isso que o símbolo da relojoaria de Sr. Willson é um D, em homenagem a Danny.

Smith, contendo a emoção, perguntou a McCarthy:

– Como você e Sr. Willson se conheceram?

James, enxugando as lágrimas dos olhos, respondeu:

– Meus pais se separaram quando eu tinha 5 anos. Meu pai é um jornalista que faz cobertura de matérias em diversos países. Eu quase não o vejo. Aos meus 14 anos, minha mãe faleceu devido a um ataque cardíaco. Depois deste trágico acontecimento, fui morar com a minha avó materna. Ela morava no mesmo bairro que Sr. Willson. Quando eu o conheci, ele já estava com 62 anos. Lembro-me que a primeira vez em que conversamos, foi quando eu voltava da escola e passei na frente da relojoaria. Quando vi aqueles relógios antigos tão bem conservados, fiquei interessado em aprender a mexer com eles. Entrando na loja, apresentei-me. Sr. Willson aceitou me ensinar a profissão. Eu o auxiliei durante 4 anos. Depois, fui para a faculdade cursar jornalismo, e no meu primeiro ano já recebi uma proposta para trabalhar em um jornal. A partir daí, perdemos um pouco o contato, mas, toda quinta-feira, jogávamos xadrez e comíamos pizza. Depois da morte de minha avó, Sr. Willson tornou-se minha ligação mais forte neste mundo. No final do ano passado, com a morte de Sarah, passei a visitá-lo com mais frequência e a cuidar dele.

James fez uma breve pausa. Seu sorriso apareceu. Era um sorriso alegre, e ao mesmo tempo triste.

– Aqueles dois... que saudade. Farão muita falta. O amor deles era como vinho. Quanto mais o tempo passava, melhor ficava.

McCarthy curvou-se, colocou os cotovelos sobre os joelhos e cruzou suas mãos.

– No dia 11, quando Sr. Willson me chamou para ir à casa dele para jantar, ele me contou resumidamente a história de Danny e do relógio. Ele disse que eu era o filho que ele e sua esposa Sarah não puderam ter. Por esse motivo, resolveu passar seu relógio para mim.

Ao falar, o jornalista mantinha a cabeça baixa. Lágrimas e mais lágrimas lhe vinham ao rosto.

– Ainda que eu sentisse que Sr. Willson pensasse que estava prestes a morrer, eu estava tão preocupado com a entrevista que teria com o senador Brouks, que não dei a ele toda a atenção que merecia.

Reerguendo-se no banco, James passou a mão no rosto e declarou:

– Mas, por fim, tirando a minha burrice em querer utilizar este relógio como pista, a ironia é que ele acabou sendo útil para salvar uma vida.

McCarthy fitou dois velhinhos que caminhavam juntos. Deu uma risadinha. Com um breve movimento de cabeça, apontou-os para Smith.

– Sabe o que é mais trágico em toda esta história?

Smith, já surpreso com tudo o que escutara, perguntou-lhe:

– O quê?

– Ontem, o embaixador Hanson me ligou para agradecer. Ele me relatou que ficara muito feliz com a notícia de poder receber seu ex-amigo para conversar. E ainda que a reunião com Brouks fosse apenas para decidir questões políticas, ele contava os dias para aquele momento, pois planejava pedir sinceras desculpas ao seu ex-amigo. Mesmo sabendo que não tinha culpa pelo ódio que Brouks sentia dele.

Após McCarthy contar-lhe todos estes fatos, Smith encontrava-se totalmente consternado. Mas algo ainda o intrigava:

– Mas me diga, McCarthy, qual é o enigma que levou à separação dos dois amigos na carta que você utilizou como pista?

James novamente sorriu e respondeu-lhe:

– A pergunta era simples: "Quantas pessoas são necessárias para que exista uma amizade?". E as duas respostas estavam corretas. *Yishmael*, o matemático, entendeu que uma amizade só seria possível se tivessem pelo menos duas pessoas. Enquanto que *Yehudah*, o filósofo, entendeu que a amizade dependia primordialmente de uma pessoa que desejasse ser amiga de outra.

Os olhos de Smith novamente se encheram de lágrimas, pois Sr. Willson lhe mostrara o real valor de uma amizade.

O detetive e o jornalista perceberam que o tempo tinha corrido. Então, levantando-se, se despediram:

– Obrigado – disse Smith, abraçando-o.

– Eu é que agradeço, detetive – respondeu o jornalista.

CAPÍTULO 39

Smith teve seu coração despedaçado. Até quando ele continuaria nutrindo ódio e rancor por seu amigo? Talvez ele não estivesse muito distante da raiva que Brouks sentia por Hanson, a ponto de querer matá-lo.

"Como pude ser tão duro com Mark? Ele sempre esteve ao meu lado e eu o desprezei."

Em meio a essa trágica reflexão, Arthur sentiu que já era hora de pedir perdão ao amigo.

Enquanto caminhava na direção do Mustang, Smith ligou primeiramente para Helen e requisitou o número de Mark. Ela ficou muito intrigada com o pedido. Mas ele disse que depois explicaria tudo.

Após chamar o número, Smith aguardou ansiosamente.

Um toque.

Smith respirava lentamente.

Dois toques.

Os batimentos cardíacos começaram a ficar acelerados.

Três toques.

Quantos pensamentos podem ocupar uma única mente?

Quatro toques.

"Seremos uma grande dupla de detetives", lembrou-se Smith das palavras do amigo.

Cinco toques.

"Por que reconhecer o erro e pedir desculpas é tão difícil?"

Seis toques.

"É... *acho que ele deve estar ocupado."*

– Alô!

A voz de Mark não mudara.

Smith engoliu seco.

– Mark?

– Sim. Quem fala?

Um nó formou-se na garganta de Arthur. Ouvir aquela voz lhe emudeceu completamente. Seus olhos ficaram marejados.

Por alguns segundos, apenas o silêncio ocupou a linha.

– Arthur. É você?

Com os lábios trêmulos e a voz presa, Smith apenas balbuciou:

– Perdoe-me. Eu falhei com você.

Smith pôde ouvir um choro do outro lado da linha.

– Eu é que falhei com você – foi tudo o que Mark conseguiu pronunciar.

Separados pelas salgadas águas de um oceano, os dois uniram-se em lágrimas. Os muitos anos nos quais deixaram de se falar, não puderam impedir-lhes de reconhecer a voz um do outro. Nesses poucos segundos, uma história de anos continuava a ser escrita. Depois do choro, a alegria tomou conta de seus corações.

– É tão bom ouvir sua voz cara – disseram os dois em uníssono.

Arthur e Mark conversaram por cerca de uma hora. Mark perguntou se o amigo visitou a cafeteria. Smith, muito envergonhado, disse que nunca fora ao local. Isso porque ele não havia tolerado a ida de Mark para a África. Consequentemente, a cafeteria era uma lembrança constante da ausência do amigo.

Ao se despedirem, eles marcaram de se encontrar no final daquele ano.

Quando desligou o telefone, Smith deu-se conta do quanto fora egoísta. Sua raiva não lhe possibilitou ver que seu amigo Mark jamais ansiou ir embora, porém, ele sentia que precisava cumprir uma missão especial em favor de muitos necessitados da África.

Ao chegar em casa, Smith abriu a porta de entrada e foi até a cozinha, onde Anne fazia barulho com o liquidificador.

– Querida, arrume-se! – disse ele, dando-lhe um beijo na boca.

– O que foi?

– Vamos passear – anunciou.

– Aonde vamos? – perguntou Anne, secando as mãos em um pano.

- É surpresa! Onde estão os garotos?

- Lá fora, brincando com Hope.

Smith foi até a porta que dava acesso ao quintal. Parando ali, viu que Brian mexia na casinha do cachorro, enquanto Andrew, deitado no chão, conversava algo com Hope. O cão, quieto, apenas observava.

Anne aproximou-se de seu esposo e, abraçando-o, posicionou-se ao lado dele.

Smith carinhosamente colocou o braço ao redor de sua esposa, e deu-lhe um beijo sobre os cabelos.

- O que eles estão fazendo?

- Não sei ao certo. Ouvi Andrew falar algo com Brian sobre construir uma nova casinha para Hope.

Os dois ficaram ali por alguns segundos observando os filhos.

- Hoje liguei para Mark.

- Sério? - perguntou Anne, olhando-o nos olhos. - Puxa! E como foi?

- Não sei como pude ser tão duro com ele ao longo de todos esses anos.

Neste momento, Hope viu o detetive e foi em sua direção. Andrew também levantou-se e correu rumo aos braços do pai. Smith o pegou no colo.

- Pai, vamos precisar da sua ajuda.

- Para quê?

- Estamos construindo uma casa de dois andares para Hope.

- Ah, é! - sorriu Arthur. - Ok! Então vamos fazer uma casa de dois andares para Hope.

Depois de algumas conversas, a família se arrumou e saiu rumo à surpresa anunciada pelo pai.

Naquela tarde, Smith os levou à cafeteria de seu amigo Mark.

A cafeteria ficava a apenas algumas quadras da 6ª Delegacia. Mas, apesar da curta distância, Smith jamais aproveitara para ir lá tomar um delicioso café.

Na lateral do local ficava uma grande vitrine de vidro que possibilitava uma visão do lado de dentro do ambiente. Por fora, as paredes eram brancas.

Centralizada, em cima da entrada, estava uma placa com fundo em marrom tabaco e escrito em um letreiro de inox: "Cafeteria do Mark".

Anne e as crianças entraram primeiro. A porta de vidro fechou-se. Smith parou por alguns segundos e observou a felicidade dos três.

Ele olhou novamente para o letreiro: "Cafeteria do Mark". Respirando fundo, adentrou pela porta.

Por dentro, a cafeteria era linda. As paredes do local eram brancas. Logo na entrada, ficava o caixa. Mais à frente, estava um grande balcão todo feito de vidro, o qual permitia aos clientes escolherem seus lanches. Havia mesas na cor marrom tabaco. Os assentos eram sofás na cor preta. Do lado, seguia-se um corredor com mais algumas mesas e cadeiras dispostas de forma a tornar o ambiente o mais agradável possível.

No aconchegante local, uma variedade imensa de cafés era oferecida. O cheiro dos grãos fez Smith viajar no tempo, fazendo-o lembrar da velha cafeteria que em sua infância frequentava com o avô.

Algumas cafeterias, a fim de tornar o processo mais rápido e dar mais opções ao cliente, optam por equipamentos de última geração.

A Cafeteria do Mark era diferente destas. Ela mesclava aparelhos moderníssimos, os quais de fato agilizam o processo, mas também mantinha a opção de se fazer um cafezinho bem manual. Sabe? Aquele com bule, água quente, pó de café, coador... Humm... Que cheirinho gostoso.

Anne ficou maravilhada com a beleza dos donuts, cookies e cupcakes expostos no balcão que deixavam qualquer um com água na boca. Aquelas delícias tinham uma aparência formidável. Bolos e tortas de maçã recém-tiradas do forno era um acompanhamento perfeito para uma xícara de café.

Andrew, por sua vez, estava fascinado com os ursos de pelúcia que decoravam o local. A temática "safari" - discreta e ao mesmo tempo encantadora - inspirada na África, era composta por duas girafas, um gorila e um leão em tamanho grande.

Os jovens que trabalhavam ali eram muito simpáticos e educados.

Os quatro sentaram-se em uma mesa. Enquanto Anne conversava com os filhos, decidindo o que eles queriam, Smith pegou o cardápio nas mãos. Ao ler o papel Artur não compreendeu uma coisa.

No rodapé do cardápio havia uma pequena frase que dizia: *"Arthur, hoje salvei uma pequena menina"*. Muito intrigado, ele se dirigiu ao balcão da cafeteria e perguntou à garçonete o que significava aquela frase.

– Ah, sim! – disse ela, empolgada. – Então, todos os dias o dono da cafeteria envia uma frase de como está seu trabalho na África. Ele escreve especialmente para um amigo chamado Arthur... – as próximas palavras ditas pela tão gentil moça já não eram mais assimiladas por ele.

Nos ouvidos, Smith apenas conseguia ouvir a música *If Today Was Your Last Day* da banda Nickelback, que ressoava pelas caixas de som do ambiente.

Não contendo mais o choro, Smith olhava aquela magnífica cafeteria. Foi neste momento que ele compreendeu que seu amigo Mark a criara para que eles pudessem manter-se unidos. Ainda que Smith tivesse buscado o fim da amizade, Mark nunca o abandonou. Dia após dia, Mark mantinha as esperanças de que Smith entrasse pela porta e tomasse um delicioso café, assim como no passado fazia com o avô.

Mark fora para longe a fim de cumprir uma missão muito especial. Ele não deixou seu compromisso de ser parceiro de Smith por um motivo torpe. Mark sabia que através de sua vida, muitos eram curados.

Entretanto, por ansiar de alguma forma estar junto do amigo, é que abriu a cafeteria a apenas algumas quadras da delegacia. Quando Arthur se sentasse em uma das mesas, e lesse o cardápio, contendo as boas notícias do projeto, poderia de alguma forma conformar-se com a ausência do amigo.

Foi naquele momento, que Smith percebeu que aquela cafeteria era na verdade "o relógio" que seu amigo Mark lhe deixou como herança. Agora, cabia a ele a missão de preservá-la.

São muitos os amigos que passam por nossa vida. Alguns permanecem por anos, outros por dias. Mas, fato é: a amizade é umas das coisas mais belas dessa vida. Se posso lhe dar uma dica, aí vai: nunca se esqueça do sorriso de seu grande amigo, pois é dele que você sempre deverá se lembrar.

Depois de experimentar toda aquela emoção, Smith sentou-se à mesa com sua família. Enxugando as lágrimas dos olhos, contou grandes histórias que vivera com Mark. Fascinados, Anne e as crianças davam muitas risadas dos relatos.

Naquela tarde, quem passava pelo lado de fora da vitrine e via a alegria daquela família, somente desejava entrar na cafeteria e tomar o mesmo café que lhes fazia sorrir!

CAPÍTULO 40

A história contada na carta "Os dois amigos e o representante do Rei" falava que uma amizade ocorre quando uma pessoa decide ser amiga de outra. Isso ocorreu com os irmãos Willson. Ainda que Danny já não estivesse presente neste mundo, Sr. Willson preservou em sua memória e no relógio todo sentimento de afeto que tinha por seu irmão. Mark também, dia após dia, continuava sendo amigo de Smith, ainda que este não o aceitasse. Esta situação não ocorre apenas com amizades, ela também ocorre no casamento. Sr. Willson também manteve vivo o compromisso que há muitos anos firmara com sua amada esposa, Sarah. A promessa de não apenas preservar as lembranças no álbum, mas também, de dia após dia, cultivar o amor que durante anos viveram.

Este compromisso de amor também foi firmado no final daquele mês por Karen e Richard. Os dois se casaram, trocando votos de amor eterno. Smith e Anne, Helen e David, Tommy e Rachel, estavam juntos no altar, como padrinhos. No momento em que os noivos deram o beijo, selando o casamento, do alto da igreja, pétalas de rosas brancas começaram a cair. Esta linda surpresa fora programada com muito carinho pela "liga das madrinhas".

Ao grupo de amigos foram acrescentados o casal Carson e Janet, e o jornalista James. O grupo conta agora com: cinco casais, sete crianças e uma vez por ano com a presença do casal M&M e suas três filhas.

***

East e West pegaram uma pena de 300 horas de serviços comunitários como zeladores de um asilo. Depois de cumprirem a sentença, gravaram um CD produzido por Alan Karl, que fez muito sucesso. Eles pagaram sua dívida com Carlos X, que por sinal, acabou sendo preso por tráfico de drogas e sonegação de impostos. Os dois rappers fizeram uma música em homenagem ao Sr. Willson, na qual não indicam o caminho da violência. Ah, antes que eu me esqueça, eles sempre usam óculos escuros nos shows.

***

Poucos dias depois dos fatos, Christopher morreu. Totalmente consternado, Dr. Eliot não prestou queixa contra James por arrombamento e roubo. Você se pergunta: por que ele fez isso? Acho que nunca saberemos. Remorso. Desilusão. Justiça. Todas essas hipóteses são plausíveis. Mas enfim, provas são provas. Sem a queixa, os CDs com as filmagens e o documento da "Plax" chegaram aos tribunais com toda credibilidade, tornando-se provas incriminatórias contra o senador Brouks.

Alguns dias depois dos fatos do dia 17, o jornalista James McCarthy escreveu uma matéria onde relatou toda a trama arquitetada por Brouks para matar Hanson. No ano seguinte, James foi premiado com o Pulitzer por esta matéria.

Ainda no ano de 2009, o jornalista escreveu um livro biográfico da história de Sr. Willson, intitulado: *"O D do relógio de Sr. Willson"*. O livro atualmente é o mais vendido no mundo. Após o relógio ter sido analisado como prova no caso de Sr. Willson, o governo autorizou a liberação do objeto para ficar em exposição permanente no museu de Nova Iorque. Embaixo do precioso relógio, consta a frase: *"Uma homenagem aos bravos heróis anônimos"*.

No final daquele ano, James foi a uma festa promovida por Hanson. Lá, conheceu a secretária do embaixador, Amanda Robs. Os dois se apaixonaram e vieram a se casar.

***

No ano seguinte, Carson virou detetive, passando a ser parceiro de Smith. Eles, com a ajuda de James, investigaram a morte de Jeremy e descobriram os assassinos do rapaz.

Arthur e Carson tornaram-se grandes amigos, e uma excelente dupla de detetives...

... e todas as manhãs vão juntos à Cafeteria do Mark tomar um saboroso café.

"Enquanto há tempo, nunca é tarde demais para reatar uma velha amizade, ou mesmo, para criar uma nova."